Kurt Schwitters

Anna Blume und ich

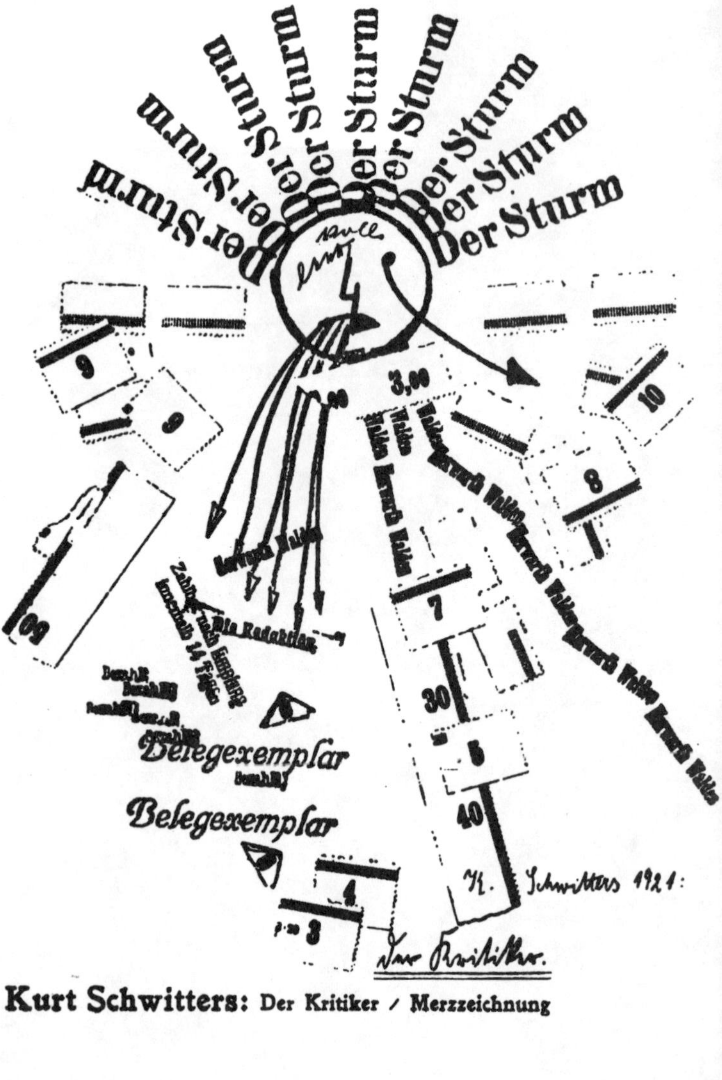

Kurt Schwitters: Der Kritiker / Merzzeichnung

Kurt Schwitters

Anna Blume und ich

Die gesammelten Anna Blume-Texte

Herausgegeben von Ernst Schwitters

Arche

Druck, Bindung: Wilhelm Röck, Weinsberg
Umschlag (unter Verwendung
der Titelzeichnung von Kurt Schwitters
zur Originalausgabe von
Anna Blume, 1919): Q & V Team, Hamburg
Printed in Germany
ISBN 3-7160-2223-3

INHALT

Zu den Bildtafeln

ZUM GELEIT

– „ein paar unpassende Worte“ von Ernst Schwitters

Kurt Schwitters war bekanntlich der Vater von „MERZ“. Was MERZ ist, werden Sie, lieber Leser, sicher schon wissen, oder wenn Sie es nicht wissen, dann lesen Sie bitte weiter unten nach, wo Kurt Schwitters es selbst erklärt. Keiner kann das besser als Kurt Schwitters. So sagte er nämlich immer, und er hatte zweifellos recht.

Kurt Schwitters ist aber auch mein *Vater. MERZ ist 1918 „geboren“. Ich auch. Somit sind wir Brüder – oder Bruder und Schwester. Ich habe nie herausfinden können, ob MERZ eigentlich männlich oder weiblich ist. Auf jeden Fall sind wir miteinander aufgewachsen, sind aneinander gewöhnt, verstehen einander.*

Als 4–5jähriger fing ich an, viel mit MERZ zu spielen, und wer mit MERZ spielte, „spielte“ eben mit Kurt Schwitters. In der Hauptsache bestand mein Spiel damals darin, Nägel in den MERZbau einzuschlagen, das umfangreichste Werk meines Vaters, das zu dieser Zeit ernstlich im Entstehen begriffen war. Das heißt: von hundert Nägeln schlug ich einen ein. Die anderen schlug ich krumm. Ich nannte das „helfen“.

1922 war mein Vater 35 Jahre alt, ich 4. Käte Steinitz, die alte Freundin und zeitweilige Mitarbeiterin meines Vaters[1], nannte mich damals den „Großvater meines Vaters“. Das sollte Spaß sein, aber es wurde Ernst. Wie auch ich – ich heiße sogar Ernst!

30 Jahre lang habe ich meinem Vater „geholfen“ – allerdings nicht nur *mit krummen Nägeln – und 30 Jahre lang war ich sein „Großvater“. Das war eine schöne Zeit, selbst wenn Kurt Schwitters manchmal auch den Geduldigsten an den Rand der Verzweiflung treiben konnte.*

1] Käte T. Steinitz: „Schwitters. Erinnerungen und Gespräche mit Kurt Schwitters“, Verlag der Arche, 1963.

Erst waren wir in Deutschland, in Hannover, dann jahrelang in Norwegen, auf einer kleinen Naturschutzinsel im Moldefjord, im Hochgebirge, direkt bei einem großen Gletscher, oder auch in Oslo. Dann kam der Krieg und England, und die Internierung, und schließlich auch die Freiheit. Es war alles schön, und ein ganzes Buch könnte man schreiben über diese Zeit mit Kurt Schwitters.
In unserer Familie gab es immer schon eine Tradition: Anekdoten. Schwitters-Anekdoten erzählten wir uns schon seit Napoleons Zeiten. Aber Kurt Schwitters war eine einzige, große, lebende Anekdote! Was man da erleben konnte! Na, vielleicht wird's einmal ein Buch.
Und dann starb mein Vater – viel zu früh! Das war am 8. Januar 1948, im Krankenhaus in Kendal, im Lake-District, im Nordwesten Englands, wo er die letzten zweieinhalb Jahre seines Lebens verbracht hatte. Er wurde nur sechzig.
Die späten Jahre seines Lebens waren schwere Jahre. Er war viel und lange krank und bettlägerig. Er hatte sich selbst buchstäblich „verarbeitet". Wie er schon 1931 in MERZ 21, erstes Veilchen-Heft, unter „Ich und meine Ziele" schreibt:

Kunst ist ein sonderbares Ding, sie braucht den Künstler ganz.

Trotzdem habe ich nie einen anderen Menschen getroffen, der so intensiv und unablässig, und dabei doch so völlig ohne Anschein von Aufwand arbeiten konnte. Künstlerisches Schaffen war für Kurt Schwitters eine Lebensnotwendigkeit, ja der Sinn des Lebens überhaupt. Darum sagte er auch noch kurz vor seinem Tode: „Wenn ich nicht mehr arbeiten kann, dann will ich auch nicht mehr leben."
Ich hielt die Hand meines Vaters, als er starb, und diesen Augenblick werde ich nie vergessen können. Ich bin nicht abergläubisch, nicht einmal religiös im gängigen Sinne des Wortes, und doch: bis dahin war ich ein Bruder von MERZ, jetzt war ich plötzlich MERZ! Es lag nun auf mir, weiterzuführen, was so allzu früh endete.

Aber die Aufgabe war zu groß. Von Anfang an wurde ich bestürmt, die Schriften meines Vaters herauszugeben, über ihn zu schreiben. Zunächst war ich noch zu bewegt, dem Geschehen noch zu nahe, dann fingen die Probleme an, sich haushoch vor mir aufzutürmen:

Da war das bildnerische Werk meines Vaters. Nach sechs langen Kriegsjahren ohne Fürsorge war das, was noch da war, stark hilfebedürftig. Dabei schien es schon rein praktisch unmöglich, es aus drei Ländern und von noch mehr sogenannten „Lagern" zu sammeln. Ich schaffte es, aber es dauerte Jahre.

Dann mußten die Bilder gereinigt, gerahmt, montiert oder unter Glas gesetzt werden. Mein Vater hatte eine solche Schaffensfreude, daß nur das Schaffen selbst ihn interessierte. War ein Bild erst fertig, dann endete es meistens schnell in einem Umschlag aus braunem Packpapier, mit der Aufschrift „Ablegen", oft so schnell, daß Kurt Schwitters weder zum Signieren noch zum Datieren kam!

An so etwas wie einen Oeuvre-Katalog hatte Kurt Schwitters natürlich auch nie gedacht, und jetzt war wohl die Hälfte seiner Werke über die ganze Welt zerstreut, und viele waren verlorengegangen oder jedenfalls verschollen. Das jetzt nachzuholen, ist eine Aufgabe, an der ich nun schon über zehn Jahre arbeite.

Und dann kamen die vielen Ausstellungen! Es begann 1956 mit der retrospektiven Ausstellung in der Kestner-Gesellschaft in Hannover, wo mein Vater seinerzeit auch seine allererste Ausstellung hatte. Dann kamen die anderen, Schlag auf Schlag, und heute ist es kaum noch abzusehen, wann das einmal wieder abnehmen wird.

Ein umfassendes Buch über das bildnerische Schaffen meines Vaters ist nun schon seit Jahren in Vorbereitung, und selbst wenn ich *das natürlich nicht schreiben kann, denn ich bin ja kein Kunstgeschichtler, so bin ich doch eine „natürliche Quelle" für allerlei detaillierte Informationen. Ich habe es ja alles miterleben können! Auch das verlangt Aufwand.*

Unter diesen Umständen hat das dichterische Schaffen meines Vaters leider immer noch ein Schattendasein führen müssen, denn auch hier gab es Probleme, die viel Zeit beanspruchten: ein unglaublich umfangreiches Material auf allen überhaupt denkbaren Gebieten literarischen Schaffens – oft mit stark experimentellem Charakter – muß gesammelt, gesichtet und thematisch und chronologisch geordnet werden.

Dabei ist das Sammeln allein schon ein großes Problem, denn nicht nur viele Originalmanuskripte sind durch die Schicksalsschläge im Leben meines Vaters abhanden gekommen; es fehlen oft sogar jegliche Abdrucke, und ich muß damit rechnen, daß noch Jahre vergehen werden, bis das Material wenigstens einigermaßen vollständig zusammengetragen ist. Schon aus diesem Grunde sehe ich davon ab, mit Veröffentlichungen zu warten, bis eine komplette Übersicht vorliegt und die sogenannten „Gesammelten Werke“ herausgegeben werden könnten. Das würde so lange dauern, daß Kurt Schwitters inzwischen längst vergessen wäre! Und außerdem wirken diese großen „Wälzer“ ja viel zu „ehrwürdig“ für die typische „Till-Eulenspiegel-Stimmung“ des dichterischen Schaffens meines Vaters. Der „Schalk hinter dem Ohre“ fehlt nämlich nie, und schon gar nicht, wo ein tiefer Ernst hinter seinen Worten liegt. Gerade das ist ja Kurt Schwitters – der Dichter! – Und so habe ich mich denn entschlossen, thematisch und chronologisch vorzugehen und das Gesamtwerk in übersichtliche Gruppen aufzuteilen, die einerseits wesentliche Aspekte herausschälen und andererseits allmähliches Komplettieren und Bearbeiten des Materials ermöglichen, bis einmal alles wieder beisammen ist.

Mit diesem Buche der vier „Anna Blume“-Texte – „Anna Blume“ 1 und 2, „Memoiren Anna Blumes in Bleie“ und „Die Blume Anna“ –, die in den frühen zwanziger Jahren fast einen „Kult“ auslösten, soll einmal ein Anfang gemacht werden – nur ist eben aller Anfang schwer.

Eigentlich hätte ich ja ein Literaturhistoriker sein sollen, aber das *bin ich nun nicht, wie ich auch kein Kunsthistoriker bin. Das ist ja eben mein Kummer! Andererseits bin ich der Sohn, der Bruder und der Großvater von MERZ, und das gibt mir immerhin Kraft zu diesem Wagnis.*

Ernst Schwitters

Lysaker, Norwegen, den 31. Januar 1965

Wer war Kurt Schwitters? Wie fing das alles an?
Rückblickend schreibt mein Vater selbst, in Olden, im Westen Norwegens, am 30. Juli 1939:

KURZE LEBENSBESCHREIBUNG

Ich wurde als ganz kleines Kind geboren. Meine Mutter schenkte mich meinem Vater, damit er sich freute. Als mein Vater erfuhr, daß ich ein Mann war, konnte er sich nicht mehr halten und sprang vor Freude im Zimmer herum, denn er hatte sich sein ganzes Leben immer nur Männer gewünscht. Die größte Freude für meinen Vater aber war es, daß ich kein Zwilling war.
Dann wuchs ich heran zur Freude anderer, und es ist schon immer in meinem ganzen Leben mein Bestreben gewesen, anderen immer nur Freude zu bereiten. Wenn sie sich dann manchmal aufregen, dafür kann man ja nichts. Mein Lehrer freute sich immer, wenn er mich ohrfeigen konnte, und die ganze Schule war froh, als ich mit ihr fertig war.

GEBRAUCHSANWEISUNG

[Bitte sorgfältig studieren!]

Wie würden Sie, lieber Leser, unser Zeitalter charakterisieren? – Als das der Erforschung des Weltalls? Als das des Atoms? Als das der Automation? Oder nur ganz schlicht als das der Kunststoffe? –

Vorbeigeraten!

Denn alle diese Definitionen geben nur einen Teil des Ganzen, spezialisieren sich sozusagen. Nein, wir leben im Zeitalter der Gebrauchsanweisung!

Etwa nicht?! – Können Sie sich zum Beispiel ein Radio kaufen, einen Wagen, eine Waschmaschine, eine Schreibmaschine oder einen Photoapparat, und gleich damit etwas anfangen, ohne erst die Gebrauchsanweisung gründlich studiert zu haben? Oder können Sie vielleicht Ihre Steuererklärung ausfüllen, oder sogar die moderne Kunst von heute verstehen, ohne Gebrauchsanweisung? – Na, sehen Sie!

Dabei ist es noch gar nicht so lange her, daß die Menschheit diesen Gipfel der Kultur erstiegen hat. Selbst in den relativ nahen zwanziger Jahren war es noch nicht zur Gewohnheit geworden, Gebrauchsanweisungen etwa zu lesen. –

Als daher der junge und vielversprechende Künstler Kurt Schwitters – frisch aus der Akademie in Dresden – seine guten Mitbürger der noch etwas unruhigen Nachkriegszeit nach dem Ersten Weltkrieg mit seinen sogenannten „MERZ-Produkten" entsetzte, mit „Bildern", die ganz offensichtlich aus allen nur erdenklichen Abfällen zusammengestellt waren, und mit „Dichtungen", die aus Zeitungsinseraten, aus dem Zusammenhang gerissenen Aussprüchen und anderem Unsinn bestanden, ja da waren die Gutmütigsten unter ihnen gerade noch bereit, diese Manifestationen als einen vorübergehenden Anfall von akuter Geistesgestörtheit zu betrachten. Die Rabiateren griffen dagegen zu Handwaffen! Keiner bemühte sich darum, die Gebrauchsanweisung zu lesen. Das war eben noch nicht die Große Mode!

Aber heute ist sie das also. Wir sind doch fortschrittlich! Darum wollen wir auch die Fehler vergangener Generationen nicht wiederholen. Wir wollen erst einmal die Gebrauchsanweisung lesen, und Kurt Schwitters hat uns eine ganze Reihe solcher Gebrauchsanweisungen hinterlassen. Nur nennt man das eigentlich Programmschriften.

Die erste prinzipielle, detaillierte und sehr aufschlußreiche Programmschrift stammt schon aus dem Jahre 1920. Sie trägt den schlichten Titel „MERZ" und wurde am 19. Dezember 1920 für den „Ararat" geschrieben. Kennen Sie nicht? – „Der Ararat – Glossen, Skizzen und Notizen zur Neuen Kunst – Zweiter Jahrgang – 1921 – Goltzverlag/München", damals neben dem „Sturm", Berlin, eine führende Kunstzeitschrift der Avantgarde.

Hier schreibt also Kurt Schwitters unter anderem:

Kunst ist ein Urbegriff, erhaben wie die Gottheit, unerklärlich wie das Leben, undefinierbar und zwecklos. Das Kunstwerk entsteht durch künstlerisches Abwerten seiner Elemente. Ich weiß nur, wie ich es mache, ich kenne nur mein Material, von dem ich nehme, ich weiß nicht, zu welchem Zwecke.

Das Material ist so unwesentlich wie ich selbst. Wesentlich ist das Formen. Weil das Material unwesentlich ist, nehme ich jedes beliebige Material, wenn es das Bild verlangt. Indem ich verschiedenartige Materialien gegeneinander abstimme, habe ich gegenüber der nur-Ölmalerei ein Plus, da ich außer Farbe gegen Farbe, Linie gegen Linie, Form gegen Form usw. noch Material gegen Material, etwa Holz gegen Sackleinen werte. Ich nenne die Weltanschauung, aus der diese Art Kunstgestaltung wurde, ‚Merz'.

Das Wort ‚Merz' hatte keine Bedeutung, als ich es formte. Jetzt hat es die Bedeutung, die ich ihm beigelegt habe. Die

Bedeutung des Begriffs ‚Merz' ändert sich mit der Änderung der Erkenntnis derjenigen, die im Sinne des Begriffes weiterarbeiten.
Merz will Befreiung von jeder Fessel, um künstlerisch formen zu können. Freiheit ist nicht Zügellosigkeit, sondern das Resultat strenger künstlerischer Zucht. Merz bedeutet auch Toleranz in bezug auf irgendwelche Beschränkung aus künstlerischen Gründen. Es muß jedem Künstler gestattet sein, ein Bild etwa nur aus Löschblättern zusammenzusetzen, wenn er nur bilden kann.
Die Wiedergabe von Naturelementen ist nicht wesentlich für ein Kunstwerk. Aber es können an sich unkünstlerische Naturdarstellungen Teile eines Bildes sein, wenn sie gegen die übrigen Teile gewertet werden.
Ich habe mich zunächst noch mit anderen Kunstarten beschäftigt, z. B. der Dichtkunst. Elemente der Dichtkunst sind Buchstaben, Silben, Worte, Sätze. Durch Werten der Elemente gegeneinander entsteht die Poesie. Der Sinn ist nur wesentlich, wenn er auch als Faktor gewertet wird. Ich werte Sinn gegen Unsinn. Den Unsinn bevorzuge ich, aber das ist eine rein persönliche Angelegenheit. Mir tut der Unsinn leid, daß er bislang so selten künstlerisch geformt wurde, deshalb liebe ich Unsinn.

Bitte beachten Sie das, lieber Leser, wenn Sie den Textteil dieses Buches lesen!
Und weiter unten im gleichen Artikel schreibt Kurt Schwitters weiter:

Die Beschäftigung mit verschiedenen Kunstarten war mir ein künstlerisches Bedürfnis. Der Grund dafür war nicht etwa Trieb nach Erweiterung des Gebietes meiner Tätigkeit, sondern das Streben, nicht Spezialist einer Kunstart, sondern Künstler zu sein. Mein Ziel ist das Merzgesamtkunstwerk, das alle Kunstarten zusammenfaßt zur künstlerischen Einheit. Zunächst habe ich einzelne Kunstarten miteinander vermählt. Ich habe Gedichte aus Worten und Sätzen so zusammengeklebt, daß die Anordnung rhythmisch eine Zeichnung ergibt. Ich habe umgekehrt Bilder und Zeichnungen geklebt, auf denen Sätze gelesen werden sollen. Ich habe Bilder so genagelt, daß neben der malerischen Bildwirkung eine plastische Reliefwirkung entsteht. Dieses geschah, um die Grenzen der Kunstarten zu verwischen. Das Merzgesamtkunstwerk aber ist die Merzbühne, die ich bislang nur theoretisch durcharbeiten konnte.

Praktisch wurde dieses Ziel allerdings leider nie erreicht. Aber Kurt Schwitters sah das voraus, und so schließt er seinen Artikel im „Ararat" mit den Worten:

Schaffen können wir es nicht, denn auch wir würden nur Teile, und zwar Material [des Merzgesamtkunstwerkes] sein.

Und das sollte eigentlich alles sagen. Eine klarere Programmschrift, eine bessere Gebrauchsanweisung ist schwer zu denken. Nur half das in den zwanziger Jahren trotzdem wenig, denn es war, wie schon gesagt, noch nicht die Große Mode, Gebrauchsanweisungen zu lesen. Wenn man außerdem bedenkt, daß ein solches Programm den damaligen herkömmlichen Gedankengängen noch so fremd war, daß es kaum Berührungspunkte gab, dann ist es vielleicht verständlich, daß man Kurt Schwitters, je nach Ausgangspunkt, alles nannte: von einem Propheten der Neuen Kunst [die heute, 40–50 Jahre später, erstaunlicherweise „Moderne" Kunst genannt wird!] über ein Genie bis zu einem Irrsinnigen. Meistens allerdings das letztgenannte! – Aber selbst von der historischen Perspektive unserer Zeit aus gesehen, erscheint Kurt Schwitters immer noch vielen, die es eigentlich besser wissen sollten, als Dadaist. Auch sie haben einfach nicht die Gebrauchsanweisung gelesen, sogar heute noch nicht!

Tafel 1–2 ▶

Nur die Dadaisten selbst merkten schnell, daß hier nicht alles ganz geheuer war, und so schrieb Richard Hülsenbeck, der Führer der politisch orientierten Dadaisten Deutschlands, bereits 1920 im Dada-Almanach: „Dada lehnt die Arbeiten wie die berühmte ‚Anna Blume' des Herrn Kurt Schwitters grundsätzlich und energisch ab."
Natürlich! Denn wo der Dadaismus niederriß, da baute MERZ wieder auf! Den nihilistischen Aspekt des reinen Dadaismus kannte MERZ nicht, und obwohl Kurt Schwitters ähnliches Material benutzte und teilweise sogar mit ähnlichen Wirkungsmitteln arbeitete wie der Dadaismus, baute MERZ auf dem Bauplatz wieder auf, von dem der Dadaismus soeben die Trümmer einer veralteten, verkitschten und hohlen Kultur geräumt hatte. MERZ war Kunst, wo Dadaismus bewußte Unkunst war.
Kurt Schwitters erläutert das selbst in der Nummer 2 seiner Zeitschrift MERZ, im April 1923, mit der klaren Sentenz:

Dada und MERZ sind einander durch Gegensätzlichkeit verwandt.

Diese Gegensätzlichkeit manifestierte sich übrigens noch auf einem anderen Gebiete, dem der politischen Einstellung. Während MERZ wie jede echte Kunst völlig unpolitisch, d. h. politisch völlig neutral bleiben wollte, eben nur Kunst sein wollte, wandte sich ein Teil der Dadaisten der Politik zu, und zwar der extremen Linkspolitik, als logische Folge ihrer extremen Weltanschauung. Was bewußte Unkunst gewesen war – immerhin ein reiner Kulturfaktor –, wurde nun einseitige politische Propaganda. Das mußte natürlich zu einem tiefgreifenden Konflikt zwischen Dada und MERZ führen, der vieles und Wesentliches über beide Richtungen aussagte, und an dem man daher nicht vorbeigehen darf, wenn man versuchen will, dem Werke von Kurt Schwitters näherzutreten.
So schreibt Kurt Schwitters schon im Dezember 1920 im obengenannten Artikel für den „Ararat":

Hier muß ich den Dadaismus erwähnen, der, wie ich, den Unsinn kultiviert. Es gibt zwei Gruppen von Dadaisten, die Kern- und die Hülsendadas, welch letztere besonders in Deutschland wohnen. Ursprünglich gab es nur Kerndadaisten, die Hülsendadaisten haben sich von diesem ursprünglichen Kern unter ihrem Führer Hülsenbeck abgeschält und bei der Abspaltung Teile des Kernes mitgerissen. Das Abschälen vollzog sich unter lautem Geheul, Absingen der Marseillaise und Verteilen von Fußtritten mit den Ellenbogen, eine Taktik, deren sich Hülsenbeck noch heute bedient. Der Dadaismus wurde unter Hülsenbeck eine politische Angelegenheit. Das bekannte Manifest des dadaistischen revolutionären Zentralrates Deutschlands verlangt die Einführung des radikalen Kommunismus als dadaistische Forderung. Hülsenbeck schreibt 1920 in seiner Geschichte des Dadaismus bei Steegemann: ‚Dada ist eine deutsche bolschewistische Angelegenheit.' Das oben erwähnte Zentralmanifest fordert ferner ‚den brutalsten Kampf gegen den Expressionismus'. In der Geschichte des Dadaismus schreibt Hülsenbeck ferner: ‚Kunst sollte überhaupt mit schweren Prügeln belegt werden.' In der Einleitung des kürzlich erschienenen Dada-Almanachs schreibt Hülsenbeck: ‚Dada macht eine Art Antikulturpropaganda.' Also der Hülsendadaismus ist politisch orientiert, gegen Kunst und gegen Kultur. Ich bin tolerant und lasse jedem seine Weltanschauung, aber ich muß erwähnen, daß derartige Anschauungen Merz fremd sind. Merz erstrebt aus Prinzip nur die Kunst, weil kein Mensch zween Herren dienen kann.

Aber, die Auffassung der Dadaisten vom Dadaismus ist eine sehr verschiedene, wie Hülsenbeck selbst zugibt. Und so schreibt Tristan Tzara, der Führer der Kerndadaisten, im Manifest Dada 1918: ‚Jeder macht seine Kunst auf seine Art', und ferner ‚Dada ist das Wahrzeichen der Abstrak-

Kurt Schwitters: Holzschnitt 1919

tion'. Ich muß erwähnen, daß Merz mit dem Kerndadaismus in dieser Fassung und mit der Kunst der Kerndadaisten Hans Arp, den ich besonders liebe, Picabia, Ribémont-Dessaignes und Archipenko eine enge künstlerische Freundschaft verbindet. Hülsendada hat sich nach Hülsenbecks eigenen Worten ‚zum Hanswurst Gottes gemacht', während der Kerndadaismus an den guten alten Traditionen abstrakter Kunst festhält. Hülsendada ‚sieht sein Ende voraus und lacht darüber', während der Kerndadaismus solange leben wird, wie die Kunst lebt. Auch Merz erstrebt die Kunst und ist Feind des Kitsches, auch des Kitsches aus Prinzip, selbst wenn er sich unter Hülsenbecks Leitung Dadaismus nennt. Es darf nicht jeder, der nicht die Fähigkeiten besitzt, über Kunst zu urteilen, über Kunst schreiben: ‚quod licet jovi non licet bovi'. Merz lehnt die inkonsequenten und dilettantischen Ansichten über Kunst des Herrn Richard Hülsenbeck grundsätzlich und energisch ab, während es die oben erwähnten Ansichten Tristan Tzaras offiziell anerkennt.

Hier muß ich noch ein Mißverständnis aufklären, welches durch meine Freundschaft zu einigen Kerndadaisten entstehen könnte. Man könnte denken, ich bezeichne mich selbst als einen Dadaisten, zumal da auf dem Umschlage meiner Gedichtsammlung ‚Anna Blume', Verlag Paul Steegemann, das Wort ‚dada' geschrieben steht.

Auf demselben Umschlag ist eine Windmühle, ein Kopf, eine rückfahrende Lokomotive und ein Mann gezeichnet, der in der Luft hängt. Das bedeutet weiter nichts, als daß in der Welt, in der Anna Blume lebt, in der Menschen auf dem Kopf gehen, Windmühlen sich drehen und Lokomotiven rückwärts fahren, auch Dada existiert. Um nicht mißverstanden zu werden, habe ich auf den Umschlag meiner Kathedrale ‚Antidada' geschrieben. Das bedeutet nicht, daß ich gegen den Dadaismus wäre, sondern daß es in dieser

Welt auch eine gegen den Dadaismus gerichtete Strömung gibt. Lokomotiven fahren von hinten und von vorne. Warum soll eine Lokomotive nicht einmal rückwärts fahren?

Es war natürlich unumgänglich, daß dieser Kampf zwischen der reinen Kunst – Kunst der Kunst wegen – und der politisch infizierten, propagandistischen Kunst ein gnadenloser Kampf werden mußte. So gipfelte er denn auch in dem bekannten „Manifest Proletkunst", unterzeichnet von leitenden Kerndadaisten und Kurt Schwitters und veröffentlicht in der schon genannten Nummer 2 seiner Zeitschrift MERZ, im Frühjahr 1923:

MANIFEST PROLETKUNST

Eine Kunst, welche sich auf eine bestimmte Klasse von Menschen bezieht, gibt es nicht, und wenn sie bestehen würde, wäre sie für das Leben gar nicht wichtig.
Diejenigen, welche proletarische Kunst schaffen wollen, fragen wir: „Was ist proletarische Kunst?" Ist die Kunst von Proletariern selbst gemacht? oder Kunst, die nur dem Proletariat dient? oder Kunst, die proletarische [revolutionäre] Instinkte wecken soll? Kunst, durch Proletarier gemacht, gibt es nicht, weil der Proletarier, wenn er Kunst schafft, nicht mehr Proletarier bleibt, sondern zum Künstler wird. Der Künstler ist weder Proletarier, noch Bourgeois, und was er schafft, gehört weder dem Proletariat noch dem Bürgertum, sondern allen. Die Kunst ist eine geistige Funktion des Menschen mit dem Zwecke, ihn aus dem Chaos des Lebens [Tragik] zu erlösen. Die Kunst ist frei in der Verwendung ihrer Mittel, aber gebunden an ihre eigenen Gesetze, und nur an ihre eigenen Gesetze, und sobald das Werk Kunstwerk ist, ist es weit erhaben über die Klassen-

unterschiede von Proletariat und Bürgertum. Sollte die Kunst aber ausschließlich dem Proletariat dienen, abgesehen von der Tatsache, daß das Proletariat angesteckt ist von bürgerlichem Geschmack, dann wäre diese Kunst beschränkt wie die speziell bürgerliche Kunst. Eine solche Kunst würde nicht universal sein, nicht aus dem Weltnationalitätsgefühl wachsen, sondern aus individuellen, sozialen, zeitlich und räumlich begrenzten Ansichten. Soll nun die Kunst tendenziös proletarische Instinkte wachrufen, so bedient sie sich im Grunde derselben Mittel wie kirchliche oder nationalistische Kunst. So banal es an sich klingt, ist es im Grunde dasselbe, ob jemand ein rotes Heer mit Trotzky an der Spitze oder ein kaiserliches Heer mit Napoleon an der Spitze malt. Für den Wert des Bildes als Kunstwerk ist es aber gleichgültig, ob proletarische Instinkte oder patriotische Gefühle erweckt werden sollen. Das eine wie das andere ist, vom Standpunkt der Kunst aus betrachtet, Schwindel.

Die Kunst soll nur mit ihren eigenen Mitteln die schöpferischen Kräfte im Menschen wachrufen, ihr Ziel ist der reife Mensch, nicht der Proletarier oder der Bürger. Nur kleine Talente können aus Mangel an Kultur, da sie das Große nicht übersehen, in ihrer Beschränktheit so etwas wie proletarische Kunst [d. h. Politik in gemaltem Zustande] machen. Der Künstler aber verzichtet auf das Spezialgebiet der sozialen Organisation.

DIE KUNST, WIE WIR SIE WOLLEN, DIE KUNST IST WEDER PROLETARISCH NOCH BÜRGERLICH, DENN SIE ENTWICKELT KRÄFTE, DIE STARK GENUG SIND, DIE GANZE KULTUR ZU BEEINFLUSSEN, STATT DURCH SOZIALE VERHÄLTNISSE SICH BEEINFLUSSEN ZU LASSEN.

DAS PROLETARIAT IST EIN ZUSTAND, DER ÜBERWUNDEN WERDEN MUSS, DAS BÜRGERTUM IST EIN ZUSTAND, DER ÜBERWUNDEN WERDEN MUSS. Indem aber die Proletarier mit

ihrem Proletkult den Bourgeoiskult imitieren, sind gerade sie es, die diese verdorbene Kultur der Bürger stützen, ohne sich dessen bewußt zu sein; zum Schaden von Kunst und zum Schaden von Kultur.
Durch ihre konservative Liebe für die alten, überlebten Ausdrucksformen und ihre ganz unverständliche Abneigung für die neue Kunst halten sie das am Leben, was sie nach ihrem Programm bekämpfen wollen: die bürgerliche Kultur. So kommt es, daß bürgerlicher Sentimentalismus und bürgerliche Romantik trotz aller intensiven Bemühungen der radikalen Künstler, diese zu vernichten, immer noch bestehen bleiben und sogar neu gepflegt werden. Der Kommunismus ist schon eine ebenso bürgerliche Angelegenheit wie der Mehrheitssozialismus, nämlich Kapitalismus in neuer Form. Die Bourgeoisie verwendet den Apparat des Kommunismus, der nicht vom Proletariat, sondern von Bürgern erfunden ist, nur als Erneuerungsmittel für ihre eigene verfaulte Kultur [Rußland]. Infolgedessen kämpft der proletarische Künstler weder für die Kunst noch für das künftige neue Leben, sondern für die Bourgeoisie. Jedes proletarische · Kunstwerk ist weiter nichts als ein Plakat für das Bürgertum.
DAS, WAS WIR HINGEGEN VORBEREITEN, IST DAS GESAMTKUNSTWERK, WELCHES ERHABEN IST ÜBER ALLE PLAKATE, OB SIE FÜR SEKT, DADA ODER KOMMUNISTISCHE DIKTATUR GEMACHT SIND.

Theo van Doesburg
hans arp
Chr. Spengemann
Kurt Schwitters
Tristan Tzara

d. Haag, *6. 3. 23.*

Welche Ironie des Schicksals, daß das sogenannte „Dritte Reich" einen Künstler wie Kurt Schwitters, mit einem so klaren, rein künstlerischen Programm und mit der felsenfesten Überzeugung, daß Kunst und Politik nicht zusammenpassen, ausgerechnet als „Kulturbolschewisten" verfolgte! –
Aber Kurt Schwitters mußte sich nicht nur gegen eine links-politische Front verteidigen. Es gab auch eine mindestens ebenso aggressive Front von rechts – die „kulturelle Front" des Gutbürgertums. MERZ war in den zwanziger Jahren nichts weniger als eine künstlerische Revolution, und jeder Revolution stehen die grimmen Wächter des Althergebrachten gegenüber, besonders einer Kulturrevolution! Der Gute Bürger läßt sich nicht so einfach seiner Schönheitsideale berauben, nur um sie als Fragmente auf irgendeinem ihm völlig unverständlichen und scheinbar ironisch gemeinten Bilde wiederzufinden. Er will auch das Pathos, die Sentimentalität, die falschen Ideale seiner „Literatur" nicht in Dichtungen, die ihm ebenso unverständlich sind, verzerrt und parodiert wiederfinden.
Der Waffenträger des kulturellen Durchschnitts aber war seit jeher der Kunstkritiker, und so fand sich denn Kurt Schwitters einer, wenn auch bei weitem nicht gesammelten, so doch formidablen Kritikerfront gegenüber. Der sich hieraus entwickelnde wortreiche und hitzige Kampf ist tragikomisch, denn Kurt Schwitters war kein Mensch, der stillschweigend hinnahm, und er verteidigte sich mit der Kraft der Überzeugung.

Der Weg zur Vollkommenheit und zu jedem Fortschritt ist fortwährende Selbstkritik, nicht zu verwechseln mit Kunstkritik.

Kurt Schwitters: Holzschnitt 1920

Das war sein Motto für „Die Blume Anna“[1] – Verlag Der Sturm, Berlin –, eine Fortsetzung seiner sensationell erfolgreichen „Anna Blume“, die in zwei Ausgaben 1919[2] und 1922[3] im Paul Steegemann Verlag, Hannover, erschienen war. Die Einleitung des Buches, „Tran Nr. 26 - An alle Kritiker“[4] und „Kritiker – Tran 27“[5] sind typische und ergötzliche Beispiele von Kurt Schwitters' Ironie, die, wenn aufgestachelt, außerordentlich treffsicher und beißend werden konnte. Sie sind auch ein erster Vorgeschmack der allerdings gutmütigeren, dabei aber genau so treffenden Ironie seiner Grotesken der mittleren und späten zwanziger und der frühen dreißiger Jahre.
Die Frotzeleien mit den Kritikern tragen meistens die Bezeichnung „Tran“ und sind fortlaufend numeriert. Es gibt erstaunlich viele, und sie waren zweifellos recht unangenehme „Tranpillen“ für die Betroffenen! So war der seinerzeit bekannte Berliner Kunstkritiker Paul Westheim, der wegen seiner negativen Einstellung zu den Sturm-Künstlern schon lange als Zielscheibe von heftigen Angriffen im „Sturm“ gedient hatte, so unvorsichtig, auch Kurt Schwitters anzugreifen. Das Resultat ist das herrliche „Tran 19“, das erstmals im August 1921 im „Sturm“ erschien und dann wieder in der zweiten Ausgabe der „Anna Blume“, 1922.[6]
Noch schöner ist wohl Kurt Schwitters' Antwort auf einen Angriff des Kritikers Leo Rein in der Berliner Börsenzeitung [„Sturm“, Heft 1, 1922]:

1] Siehe Seite 164
2] Siehe Seite 41
3] Siehe Seite 95
4] Siehe Seite 165
5] Siehe Seite 196
6] Siehe Seite 138

TRAN *21*

Rede am Grabe Leo Reins

[in der Berliner Börsenzeitung *547* v. *27. 11. 21*]

Zunächst behauptete ich, Herr Kritiker Leo Rein wäre tot. Kritiker sind tot oder Dadaisten. Ich behaupte, Herr Rein wäre beides, weil das so schön geht. Seiner Rede fehlt die Wärme, das Flaisch, sie klappert wie Knochenbeine.

Aber ist er schon tot, lebt uns sein Name noch und kündet es bässeren Zukünften, daß der Löw reineren Zeiten entgegenklappert, Zeiten ohne die lächerliche Merzmalerei und ohne die widerliche Anna Blume. Der Stimme schwendet Kopf verquer die Beine. Ja, Herr Rein, alle Neme kann man nich von hinten lesen. Sie hießen z. B. Snieroel. Wenn es noch wenigstens Schmieröl wäre!

Ich bin Kriminalist, vaschtehste? Selbstmord? Leider ja. Der Löw hat sich solange hinten in seinen eigenen Schwanz gebissen, bis er tot umfuhl. [Weniger gebräuchliches Imperfekt von fallen.] Nun lügt er da und schreit so sehr. [Und wenn der Brummbär mich doch naßmacht?] Dann kriegt er Haue.

Ich bin Pastor und wende mich gegen Leos Lebenswandel, besonders an seinem Lebensabend, seine Grabrede auf meine Kunscht. Warum verallgemeinern Sie? [Gemeinheit im All.] Wer gibt Ihnen z. B. ein Recht, etwas Dadaismus zu nennen, das sachlich MERZ und nicht dada ist? Ich meine meine Kunst. Wenn Sie nicht gut fundamentiert sind, dann wenden Sie sich nur gleich einer anderen Brangsche zu. Ick werde Ihnen mal fundamentieren!

MERZ bedeutet bekanntlich Toleranz in bezug auf alle Nebensachen, wie Material, Motiv; dagegen die Forderung konsequenter Formung zum Zwecke des Ausdrucks. Nach diesem fundamentalen Grundsatz frage ich Sie: Wer gibt Ihnen ein Recht dazu, ein Kunstwerk Unsinn zu nennen, weil sein Motiv Unsinn war? [Toter Kritiker, hören Sie eigentlich?] Sie verwerfen meine Kunstwerke, weil Sie nicht gut fundamentiert sind, infolge Verwechslung des Motivs mit der Gestaltung. Kunst ist niemals Unsinn. Kunst ist Logik. Jawohl, da staunen Sie! Sie aber verwechseln die Begriffe und begreifen Ihre Verwechslung nicht.

De mortuis nil nisi bene, auf deutsch: Man soll den Toten nicht auf die Beene niesen. Ich niese nicht, toter Mann, hören Sie, ich niese nicht auf Ihre Beene, wenn ich behaupte, daß Ihr Wunsch, Merz möge doch bitte tot sein, der Vater Ihres Gedankens nebst Grabrede war. Wissen Sie, was das bedeutet? [Wohl lange Dein eigenes Geschrei nich jehört!] Damit Sie aber hören, daß ich noch niesen kann, treten Sie bitte ein paar Schritt zurück. Sie kennen ja die übliche Rückwärtsbewegung der Herren von der Kritik. Abort frei. Zur Förderung der öffentlichen Gesundheit wird dringend ersucht, nicht auf den öffentlichen Boden zu spucken. Die Augen der Herren Kritiker dürfen auf beiden Seiten nur mit Zustimmung aller Mitreisenden geöffnet werden.

Lernen Sie erstlichmal deklinieren: der Haß, die Hose, das Haus.

Ergebenst

Schwitters

Aber es gab viele Kritiker und nur einen *Kurt Schwitters, und das Geheul wollte schier nicht aufhören. „Er ist ein merkwürdiges Tier, der Kritiker, vorn Kamel und hinten Fenster", schreibt Kurt Schwitters in „Die Blume Anna", und versucht immer wieder, unverdrossen und mit allen Mitteln, seine Merz-Idee klarzumachen. Aber schließlich reißt ihm doch die Geduld, und im „Sturm", Heft 1, 1924, erscheint sein –*

TRAN 35

Dada ist eine Hypothese

Motto: I think the world's menagerie
the greatest kind of show,
that anyone could wish to see
whereever they may go,
t'will be a pleasant task to me
to introduce to you
the different sorts of animals
you'll find are here on view.
First come, first served.

Gelegentlich des Jahreswechsels 1923 reißt mir endlich der bekannte Faden der Geduld. Ich hänge nun nicht mehr wie eine Spinne am Faden, sondern fädele ein und spinne mit Tinte. Wie oft habe ich meine Erkenntnisse wohl schon in die Welt posaunt, wie oft habe ich die Kritik kritisch betrachtet, ohne daß man mir am Neujahrstage Kränze eingefädelt hätte. Warum schreiben eigentlich die Zeitungen immer noch nicht: „Merz ist der Konstruktivismus, den unsere Zeit braucht"? Sehr einfach, weil ich selbst es schreibe. Aber sie werden schreiben: „Der Expressionismus ist schon längst großer Merz geworden, nun ist auch der ganze Konstruktivismus mitsamt dem Kubismus Merz, nichts als MERZ. Das Kunstblatt wird sich Merzblatt nennen und von den Aftermerzern fünf Jahrgänge mit Abbildungen drucken. Und so werde ich auch in den großen deutschen Konzern mit eingemerzt werden, wenigstens meine Brut. Dabei fällt mir eine Stelle aus meinem Roman „Franz Müllers Drahtfrühling" ein, die ich mit Hans Arp im Sommer 1923 auf Rügen gedichtet habe. Ich lasse sie folgen:

„Das Wort Merz aber stammte von ‚ausmerzen' und war von Herrn ComMERZienrat Katz sehr sinnreich erfunden.

MERZ war nämlich Ironie, indem es die Lichtseiten des sogenannten Dadaismus, den in Revon so recht niemand kannte, und die Schattenseiten des sogenannten Expressionismus, der in Revon mit Recht so gefürchtet war, und in dem die Herren Westcohn und Heimwiener ihr Wesen trieben, beleuchtete, wodurch die Herren Westwiener und Heimcohn zu phosphoreszieren begannen. Nun sind sie Glühwürmchen geworden und schwirren in Berlin umher.

Glühwürmchen, Glühwürmchen, schimmre, flimmre,
Glühwürmchen, Glühwürmchen, schimmre, flimmre,
Schimmerst mir auf Lehmbruchwegen
Mit dem Kitsch dem Geld entgegen;

Glühwürmchen, Glühwürmchen, schimmre, flimmre,
Glühwürmchen, Glühwürmchen, schimmre, flimmre,
Zeigst im Kitschblatt expressiv
Mir deinen Genetiv."
[Zu singen nach bekannter Melodie.]

Sogleich bei dem Worte „Kitschblatt" sprang bums Dr. Rudolf Bluemner mit „Hurrah" aus der kleinen Spieldose. Dann schaute er sich stumm ringsum. Er hatte doch was von „Kunstblatt" gehört, und da war ja gar kein Kunstblatt, da war ja ein Kitschblatt. Er hatte doch Westheim sprechen wollen, aber da war ja gar kein Westheim. Da war doch ein Westcohn und ein Heimwiener, ein Heimcohn und ein Westwiener. Das war doch Westheim nicht! Daher wurde Dr. Bluemner 50 Jahre alt und verschwand wieder in seiner Dose."
Warum lesen Sie immer noch nicht die Zeitschrift Merz? Wäre es nicht ein echter Neujahrsspaß, sich einmal ernsthaft mit den Fragen der Kunst zu beschäftigen? Sie werden mit Staunen die Kluft zwischen Merz und Dada kennen-

lernen. Sie werden erkennen, daß der Dadaismus nicht Weltanschauung, sondern nur Mittel ist, etwa wie ein lebendiger Tran. Sie werden „i“ kennen lernen. Assis sur l'horizont les autres vont chanter. Ruhig singen lassen! Aber in Verbindung mit dem Kunstwerk, welches erst durch den Beschauer wird, wird alles i. Wenn Sie selber Künstler sind, brauchen Sie bloß zuzupacken, und Sie haben ein Kunstwerk. Sehen Sie, das nenne ich i. Sie sind plötzlich selber i, indem Sie sich selber erfaßt haben. Herr Westheim ist plötzlich i, Herr Cohn-Wiener plötzlich i, Herr Kurt Glaser plötzlich i, Herr Fritz Stahl plötzlich bester i-Stahl. Plötzlich geht ihnen selber ein i auf; die Welt ist i, wenn sie es nur wollen? O nein, so einfach ist die Sache mit i nicht, und so steche ich ihnen ein i mit den Banalitäten auf.

Die Welt ist banal, und zwar um so banaler, je mehr sie sich betut; voran Ludwig Meidner: Herrgott, nimm meinen Dank auf meinen stammelnden Knien an. Ruhig stammeln lassen. Bei uns heißt ein Professor Stammler. Sehen Sie, so etwas nenne ich Dada, und Sie können sich davon nur durch Dadaismus befreien; jedermann sein eigener Dadaist, und so erfahren Sie staunend, daß der Dadaist der Mann ist, der Dada in sich überwunden hat, also der, wie Sie alle sein möchten. Und plötzlich erkennen Sie, daß Sie alle Dadaisten sind, indem Sie Dada längst überwunden haben. Herr Westheim ist plötzlich Dadaist, Herr Cohn-Wiener ist plötzlich Dadaist, Herr Curt Glaser ist plötzlich Dadaist, Herr Fritz Stahl ist plötzlich bester Stahl-Dadaist, und plötzlich geht ihnen ein Dada auf, die ganze Welt ist Dadaist; alles Marke Fliegentod, weil sie Dada in sich überwunden hat. Punkt. Leider nicht Punkt. So einfach ist die Sache immer noch nicht, denn sie haben Dada noch nicht in sich überwunden; Beweis: jeder Kunstgelehrte behauptet, Dada wäre eine längst überwundene Angelegenheit.

Und dabei sind die Herren Kunstgelehrten die für den Dada fähigsten Leute.
Aber Dada beiseite. Betrachten wir einmal den Dadaismus kritisch. Dada ist die Kritik an der Kritik, Dada ist die Opposition auf die Opposition, gelegentlich des Jahreswechsels von 1923 auf 1924 natürlich auch. Das ist selbstverständlich, oder sind Sie anderer Ansicht? Aber Sie denken, nun risse mir der Faden, der Faden, den ich vorher in meinen Bleistift eingefädelt habe, und plötzlich reißt Ihnen auch der Faden. Herrn Westheim reißt plötzlich der Faden, Herrn Cohn-Wiener reißt plötzlich der Faden, Herrn Kurt Glaser reißt plötzlich der Faden, Herrn Fritz Stahl reißt plötzlich sogar der Stahlfaden; und plötzlich geht Ihnen ein Faden auf. Die ganze Welt besteht nämlich nur aus gerissenen Fäden, weil nämlich das Knäuel vorher zu verwirrt war und weil jeder an einem anderen Faden zerrt.
Aber so einfach ist die Sache doch noch nicht. Sehen Sie, Dada ist nicht der zerrissene Faden, und wenn Sie es auch möchten, meine Herren Kunstorgane. Dada ist der christliche Geist auf dem Gebiete der Kunst. Dada ist nicht Kunst aus Selbstbescheidung, Dada ist nicht Kunst, die für die Kunst arbeitet. Dada setzt sich ein für die Kunst nach Dada, die Dada selbst nicht schaffen will, Dada ist die Ausmistung des Augiasstalles. Und plötzlich erkennen alle, daß auch sie ausmisten, und plötzlich erkennen alle, daß auch sie Dadaisten sind, weil auch sie für etwas anderes kämpfen als für die Kunst. Und plötzlich ist Herr Westheim ein Asket, Herr Cohn-Wiener ein Asket, Herr Kurt Glaser ein Asket, Herr Fritz Stahl sogar ein Stahl-Asket. Alle sind sie Asketen geworden.
Aber so einfach ist die Sache doch noch nicht, immer noch nicht, denn zum Asketen gehört der Athlet. Meine Herren Westheim, Cohn-Wiener, Kurt Glaser, Fritz Stahl, Sie können einfach nicht Dadaisten sein, weil Verneinung einer

Tafel 3–6 ▶

MERZ

10
MERZ
K. Schwitters

Sache zunächst einmal bedingt, daß man sie besessen hat. Sie können nicht Kunst verneinen, weil Sie nicht einmal vorher gewußt haben, was Kunst ist. Man kann nicht Asket sein, ohne die Wollust des Lebens zu kennen, und Athlet wird man durch konsequente Übung und Erfahrung auf diesem Gebiete, und sehen Sie, nun komme ich zum Jahreswechsel noch zum wahren Wesen des Dadaismus. Nämlich das wahre Wesen existiert überhaupt nicht und hat nie existiert, weil seine Vorkämpfer nicht fähig, nicht mutig und nicht dadaistisch genug waren. Das Wesen des Dadaismus ist das absolute Gegenteil von Kunst. Wer Kunst kennt, dazu Fähigkeiten, Mut, Veranlassung und Gelegenheit hat, Kunst in ihr Gegenteil umzukehren, ist Dadaist.

Und plötzlich drehen alle sich selbst um. Herr Westheim dreht sich um [zum wievielten Male?], Herr Cohn-Wiener dreht sich um, Herr Kurt Glaser dreht sich um, Herr Fritz Stahl dreht sich um, der ganze Konzern dreht sich um. Jetzt lesen sie sich von hinten und staunen selbst. Denn sie heißen jetzt Nreznok, Lhats, ja, L hats, Resalg, Nhoc oder Reneiwnhoc, so ähnlich wie Renaissance, Miehtsew, ja, da steht einem Dada still. Und ich kehre ruhig, in Worten *reuig* zu Merz zurück und verspreche Ihnen in meinen nächsten Tränen den kompletten Dadaismus.

Difficile est, satyram non scribere.

Es grüßen herzlichst meine Frau und Ihr

Kurt Schwitters

Aber was half es alles? Kein Mensch las die Gebrauchsanweisung!
Es war eben einfach noch nicht die Große Mode.
Und heute? – Na, heute sind wir doch zivilisiert!

Ernst Schwitters

Lysaker, Norwegen, den 10. 2. 1965

ANNA BLUME
DICHTUNGEN
1919

Rückblickend schreibt Kurt Schwitters 1927 in „MERZ 20 Katalog" [die Nummer 20 seiner Zeitschrift „MERZ"]: „... mein Streben geht zur harmonischen Betätigung auf allen Gebieten der Kunst, weil jedes Gebiet durch das andere lernt und bereichert wird", und „... ich habe viel und gern gedichtet, und erinnere an die Bücher ‚Anna Blume', Verlag Paul Steegemann ..." usw. Und er setzt fort: „Ich begann in der Dichtung im Jahre 1917, mit einer Gestaltung, ähnlich der äußeren Form August Stramms. Bald gewann ich eine eigene Form, in meiner dadaistischen Zeit. Sie kennen ja alle mein Gedicht an Anna Blume."

Das war kaum Übertreibung. Fast alle kannten damals die „Anna Blume", und obwohl sie Kurt Schwitters' erste Publikation war – sie kam schon 1919 heraus –, machte diese Sammlung früher Dichtungen sofort erstaunliche Furore. Es gab nur zwei Reaktionen: Während ein Teil der Bevölkerung – der größere natürlich! – Kurt Schwitters am liebsten am nächsten Laternenpfahl aufgeknüpft hätte, rezitierte der andere ekstatisch: „O du, Geliebte meiner siebenundzwanzig Sinne, ich liebe dir! – Du deiner dich dir, ich dir, du mir. – Wir?" – Und: „Man kann dich auch von hinten lesen, und du, du Herrlichste von allen, du bist von hinten wie von vorne: ‚a-n-n-a'."

Die groteske Persiflage des pathetischen, typisch gutbürgerlichen Liebesgedichtes hatte eine fast hypnotische Wirkung und war bald in aller Munde, ob sie es nun wollten oder nicht. „Anna Blume" war über Nacht ein „Schlager ohne Melodie" geworden!

Titel der Originalausgabe 1919

DER KÜNSTLER

Die Herren vom stampfenden Leben können es nicht begreifen.
Heute – 1919!
–: da sitzt er vor einer Fliege, die ihre Flügel putzt und faltet die Hände.
Und träumt und träumt.
– – ob es auch nationalliberale Fliegen gibt?
Er hat keine rechte Vorstellung.
Fragt nur, weil der Klang ihn ekelt: eine selbstquälerische Natur.

Die Sonne ist schwarz.
Aus rauchenden Trümmern steigen zerriebene Körper.

Man hat sie mit ihren eigenen Eingeweiden zerschlagen.

Man hat sie durch Hungerdelirien gepeitscht.
Auf den verlangenden Händen tragen sie einen toten Fisch, bangend, er könne das Kreuz brechen.
Taumel im Dunstkreis ekelster Triebe.
In tanzenden Leibern starren tausendmal gemordete Herzen.

Nägel sind in die Gehirne getrieben.
So wühlen die Menschen Geschichte.

Von fern her umweht ihn ihr Odem.
Er tastet.
Flackert wie ein verlegenes Kind.
Willenlos, – quer über das Bild in weißer Schrift
Worte, die er an einer Planke las:

Anna Blume hat ein Vogel – –
Es ging nicht anders.

Die Herren vom stampfenden Leben erbeben:
Heute!
Den Rücken gegen den Tag!
Solcher Unfug!
Will er uns uzen?
Wer ist überhaupt Anna Blume?
Verbogenes Hirn!

Er malte das Bildnis der Zeit und wußte es nicht.
Nun kniet er vor einem Gänseblümchen und betet.

Christof Spengemann

AN ANNA BLUME
Merzgedicht 1

O du, Geliebte meiner siebenundzwanzig Sinne, ich liebe dir! – Du deiner dich dir, ich dir, du mir. – Wir?
Das gehört [beiläufig] nicht hierher.
Wer bist du, ungezähltes Frauenzimmer? Du bist – – bist du? – Die Leute sagen, du wärest, – laß sie sagen, sie wissen nicht, wie der Kirchturm steht.
Du trägst den Hut auf deinen Füßen und wanderst auf die Hände, auf den Händen wanderst du.
Hallo, deine roten Kleider, in weiße Falten zersägt. Rot liebe ich Anna Blume, rot liebe ich dir! – Du deiner dich dir, ich dir, du mir. – Wir?
Das gehört [beiläufig] in die kalte Glut.
Rote Blume, rote Anna Blume, wie sagen die Leute?
Preisfrage: 1. Anna Blume hat ein Vogel.
2. Anna Blume ist rot.
3. Welche Farbe hat der Vogel?
Blau ist die Farbe deines gelben Haares.
Rot ist das Girren deines grünen Vogels.
Du schlichtes Mädchen im Alltagskleid, du liebes grünes Tier, ich liebe dir! – Du deiner dich dir, ich dir, du mir, – Wir?
Das gehört [beiläufig] in die Glutenkiste.
Anna Blume! Anna, a-n-n-a, ich träufle deinen Namen. Dein Name tropft wie weiches Rindertalg.
Weißt du es, Anna, weißt du es schon?
Man kann dich auch von hinten lesen, und du, du Herrlichste von allen, du bist von hinten wie von vorne: „a-n-n-a".
Rindertalg träufelt streicheln über meinen Rücken.
Anna Blume, du tropfes Tier, ich liebe dir!

MOLKENSCHWERE SILBERBLÄTTERBLÜTE

Gedicht 27

Glant zersieden Zeterzacken
Rieselbäume schiffen grinsen Blumen
Lenzen duftet Fackeln loh
Sprühen Blasen Rindertalg [infolge Papiermangels]
Flinken Beine Schwefel Arme Marc Chagall
Mir
Mir Fontänen
Fließen in sich und ersticken stak
Paare du mir
Blättre klettre sprießen fließen
Paare du mir
Deine Ströme glänzen gieren
Elend schwängert Segelboote [Puppenkücheneinrichtungs-
kasten]
Ich umnachte mir

DIE WELT
Gedicht 2

Häuser fallen, Himmel stürzen ein.
Bäume ragen über Bäume.
Himmel grünt rot.
Silberne Fische schwimmen in der Luft.
Sie verbrennen sich nicht.
Sie sind ja so innig.
Im ewigen Silber glänzt ihre Frühe.
Und der Wahn schwillt heran und brüstet sich über die Himmel.
Millionen silberne Fische zittern über die Weite.
Doch sengen sie nicht ihre silbernen Flügel.
Sanft weht die Luft vom silbernen Flügelschlag.
Brüsten sich Menschen –
Knien Seelen –
Riesengroß wächst der Wahn über die Weite.

AM RANDE MEINES WELKENS BIN ICH SANFTE NACHT

Gedicht 14

Sägen knien Regen welken Tage
Sanften fromme Tiefe sanfte Hände
Tropfen wunde Nächte nächtelang
Wunden sanfte Riesen wölben Dom.

ERHABENHEIT
Gedicht 8

Kirchen türmen ein Mensch.
Lastet Sonne Hochgebirge.
Steil durchbrechen.
Glut verrinnt umragen Zacken.
Leiberheiß – seelennah.
Wärme umglutet Gluten!
Klein ich?
Groß!
Arm ich?
Reich!
Wuchtet Riesen Hochgebirge,
Wuchtet Riesen ich!
Kirchen türmen, lastet steil!
Gluten Mensch wuchtet lasten Sonne.
Ich?
Umglute
Steil!

ICH WERDE GEGANGEN

Gedicht 19

Ich taumeltürme
Welkes windes Blatt
Häuser augen Menschen Klippen
Schmiege Taumel Wind
Menschen steinen Häuser Klippen
Taumeltürme blutes Blatt.

NÄCHTE
Gedicht 7

Innige Nächte
Gluten Qual
Zittert Glut Wonne
Schmerzhaft umeint
Siedend nächtigt Brunst
Peitscht Feuer Blitz
Zuckend Schwüle.
O wenn ich das Fischlein baden könnte!
Zagt ein Innen
Zittert enteint
Giert schwül
Herb
Du –
Duft der Braut
Rosen gleißen im Garten.
Schlank stachelt Fisch in der Peitschluft.
Wunden Knie
Wogen Brandung Wonne
O diese Qual, daß ich nicht fliegen kann!
Wonne umtaucht
Geistert Pfiff.
Ich sehne deine Wogen
Du!
Meine Glut fiebert Tod!
Ich umwoge
Innenjauchzt
Peitscht still Inbrunst
Überquillt schrill.
Kniet Tau auf dem Fischlein
Es schlüpft seine Beinchen.

Weiße Beinchen hat das Fischlein.
Weiße Augen hat der Tod!
Blau leuchtet innig
Fest peitscht innig Nacht.
Ich
Zerwoge
Bleicht müde
Blaut Qual Sonne.

AN JOHANNES MOLZAHN
Gedicht 37

Kreisen Welten Du.
Du kreist Welten.
Du überwindest zwitschern Apyl, den Wassern die Maschine.
Welten schleudern Raum.
Du schleuderst Welten Raum.
Welten wenden die neue Maschine Dir.
Dir.
Du, deiner die neue Maschine Raum.
Und Achsen brechen Ewigkeit.
Das Werk, dem wir, uns Erbe, Du.

Tafel 7–10 ▶

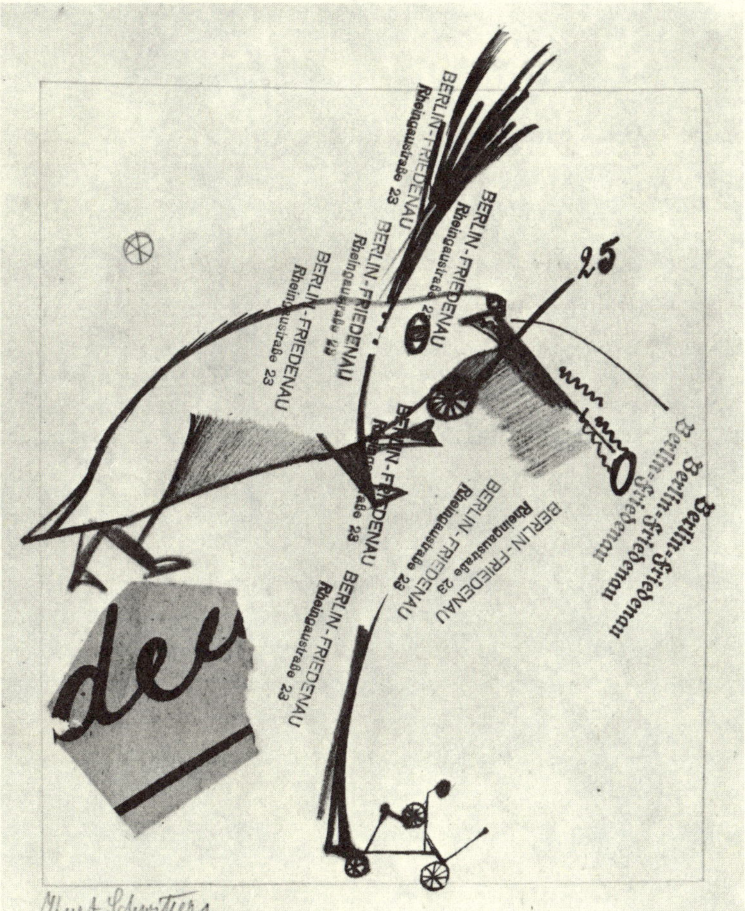
BERLIN-FRIEDENAU
Rheingaustraße 23
Berlin-Friedenau
25
de
Kurt Schwitters

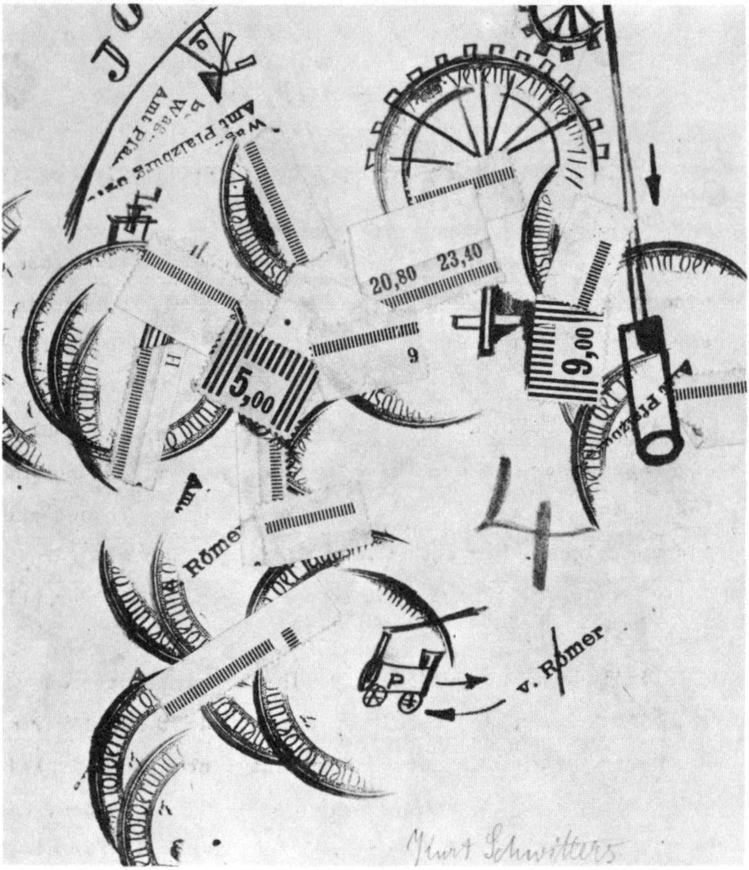
20,80
23,40
5,00
9,00
Römer
v. Römer
Kurt Schwitters

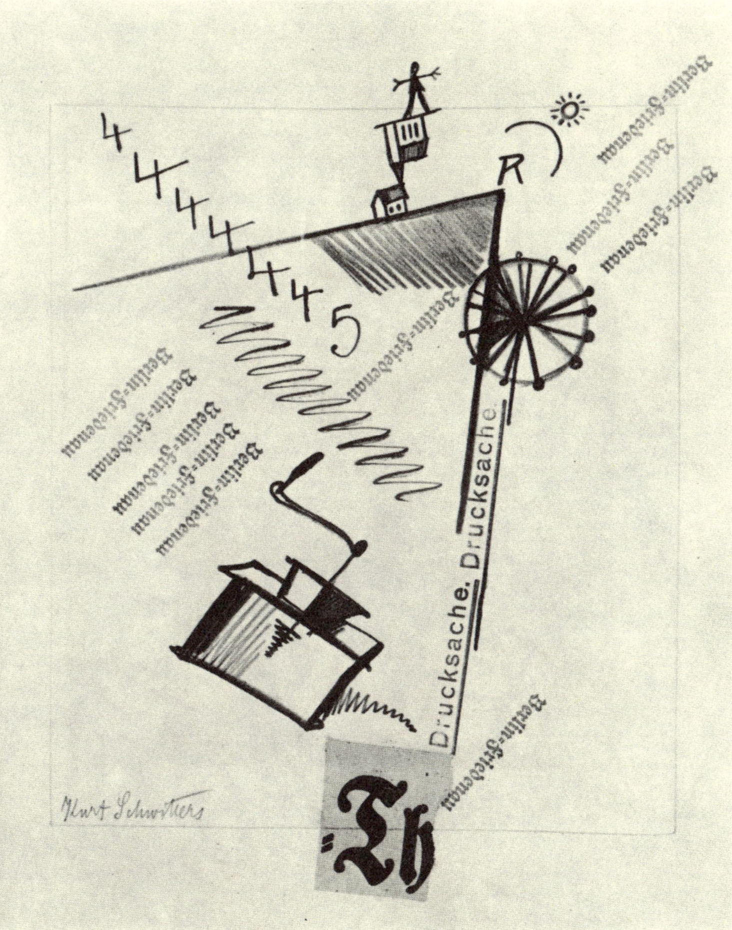
4444445
R
Drucksache. Drucksache.
Drucksache.
Berlin=Friedenau
Th
Kurt Schwitters

K. Schwitters 1919
Aq. 14.

GRÜNES KIND
Gedicht 1

Eingekerkerte Luft steilt.
Der Mord überwölbt Blut.
Wenn ich diese Mauern scherben könnte!
Mauer lechzt uns.
O diese Glut der umarmenden Mauer!
Kerker einigt –
Blut kerkert –
Blut steilt –
Riesengroß Blut überwölbt.
Laufen –
Fliehen –
Angst –
Steilt Blut –
Grün.
Schuß –
Wer schießt? –
Blut?
Schwefel –
Füße überstolpern –
Beine überhetzen –
Blut –
Angst –
Jagen –
Fliegen –
Schreien –
Blut grinst gelb – hell – gelb –
Gelbgrün –
Hellgelbgrün –
Schwefelgelbgrün –
Hellschwefelgelbgrün –

Blut grinst hellschwefelgelbgrün.
Wenn ich das grüne Blut waschen könnte!
Blut waschen –
Baden Blut –
Blut baden.
O du wonnig weißes Blut meiner Braut!
Grünes Blut steilt -
Schreit –
Jauchzt? –
Grellt –
Sei stumm gelbgrünes Blut!
Schwefel brennt grün!
Ich –
Laufe –
Schreie –
Ich trage meine Qual auf Händen –
Wie ein Kind –
So, so weine doch nicht!
Kind, liebes, grünes!
Ich bin doch deine Mutter!
Liebes Kind –
Grünes –
Weint Kind?
Schwefelgelbes Kind, wie feuerrot bist Du!
Rot –
Blut –
Schwefelgelb –
Grün –
Steilt Verdammnis –
Jagen –
Schreien –
Foltern –
Wahnsinnig die Jagd!
Das Glück?

Du Glück!
Dich liebe ich!
Du –
Weißes Blut, Du!
Aber da steilt!
Schwefelgelb, grün –
Abscheulich grünes Kind!
Wir laufen,
Auf meinem Arm.
Klammere dich!
Die Mauern klammern!
Wir laufen Mauern –
Mauern klammern –
Sie laßen dich mir –
Du und ich –
Grünes Kind –
Du und ich –
Mauern ragen –
Blut steilt grün.
Mauern klammern –
Gelbliches Verstehen –
Dunkelrotes Brüsten –
Sie wollen dich nehmen! –
Nein!
Geilen nur –
Geben zurück –
Blutrot zurück –
Grünes Kind, wie siehst du blutrot aus!
Draußen fliegen schwarze Hunde.
Mauern ragen –
Mauern klammern –
Ich erwarte –
Grünes Kind!
Selig dein Blick!

Schwarze Hunde fliegen um die Mauern –
Grünes Kind,
Bist mein!
Schwarze Hunde,
Fliegt uns fort!

ACHTUNG,
BITTE PRIVATHERRSCHAFTEN!
Gedicht 29

Hier darf nicht gestohlen werden, Einwohner ist Mitglied der Bürgerwehr. Die Machtbildung einer Lage ist Zugreifen, das beweist Noske. Ann empfing heute in Weimar folgendes aus: Von der Nationalversammlung der Stückwerk. Als erste Bildung einer ernsten Lage Waffen vergiftete alles. Denn der, der die, die da da goldet Glotea. [Auflösung der Familienväter.]

Ach, es geht mir etwas besser, ich bin nur neunmal heute ohnmächtig geworden!

DIE ZWIEBEL

Merzgedicht 8

Es war ein sehr begebenwürdiger Tag, an dem ich geschlachtet werden sollte. [Fürchte dich nicht, glaube nur!] Der König war bereit, die beiden Sekundanten warteten. Der Schlächter war auf halb sieben Uhr bestellt; es war ein viertel sieben Uhr, und ich selbst ordnete die nötigen Vorbereitungen an. Wir hatten eine geräumige Diele ausgewählt, so daß viele Zuschauer bequem teilnehmen konnten. Telephon war in der Nähe. Der Arzt wohnte im Nachbarhause und hielt sich bereit für den Fall, daß von den Zuschauern jemand ohnmächtig werden sollte. [Andenken an die Konfirmation.] Zwei gewaltige Flaschenzüge hingen unter der Decke, um mich nachher hochzuwinden, falls ich ausgenommen werden sollte. Vier starke Knechte standen für Handreichungen zur Verfügung, ehemalige russische Kriegsgefangene, breite, knochige Gestalten. [Zeitschrift für Haus- und Grundbesitz.] Zwei saubere Mägde waren auch zur Stelle, blitzsaubere Dirnen. Es war mir ein angenehmer Gedanke, daß diese beiden hübschen Mädchen mein Blut quirlen und meine inneren Teile waschen und zubereiten sollten.

Die Diele war sauber gefegt und gewaschen. Zwei lange, weißgescheuerte Tische hatte ich an die eine Seitenwand stellen lassen; darauf standen etliche Schalen, Messer und Gabeln. Ich ließ jetzt gerade ein Waschgeschirr, Wasser und Handtuch bringen, auch etwas Seife [Sunlight]. Anna und Emma, die beiden Mägde, brachten einen Kübel und einen Quirl. Es ist doch ein eigentümliches Gefühl, wenn man in zehn Minuten geschlachtet werden soll. [Die Opfer der Mutterschaft.] Ich war bislang in meinem ganzen Leben noch nicht geschlachtet worden. Dazu muß man reif sein. Ja, überhaupt wenn die Kartoffeln erst raus müssen, und der Hafer ab ist, dann wird's schlecht. Wir haben überhaupt noch keinen rechten Sommer gehabt. Zehn Minuten können sehr lang erscheinen. [Glaube, Liebe, Hoffnung.] [Entengänsen auf der Wiese.] Es war alles bis aufs Kleinste vorbereitet.

Da kam auch schon die Prinzessin. Sie hatte ein kurzes weißes Röckchen an, ein wenig kraus gesessen, aber das stand ihr gerade sehr anmutig. Der Kirchturm ist nämlich sehr steil. Lenzesflur, in Freundschaft gewidmet. Hüpft strampeln Königstochter Beinchen zierlich. Ich liebe diese zierlichen strampeln Hüpfekönigstochterbeinchen. Schwanz wedelt saure Sahne. Sie stellte sich Tintenglas vor mir und fragte glockenrein weiß Spitzen sauber: „Sollen Sie heute geschlachtet werden?" Heiß fischen Messer schießen Blut. Ich senkte purpurn Augen und war von ihrem Gruß beglückt. „Wie schön bist du, Alves Bäsenstiel, ein schöner Mann!" sagte sie rot Lippen Ader kochen Blut, glückliche Reise! keck spitzfaden Nase: „Ich bringe Dir den letzten Gruß der Welt. Nonne sollst Du werden! [Mein Haus sei Deine Welt.] [Leder ohne Kopf.] Walkleder nach Nabelmaß. Sie haben es sicher diese Tage recht eilig, um alles einzurichten auf diesen ernsten Tag. [Friede sei mit dir.] Wie sind Sie so schnell reif geworden, überreif! Wie können Sie freudig auf Ihre Reife blicken! Möge sie Ihnen nur immer Freude bereiten! Wie schön, daß sich das Wetter an Ihrem Schlachttage hält, daß der Schlächter per Rad zu Ihnen fahren kann." [Echt Brüsseler Handarbeit.] Gesund zu sein ist Glückes Gunst. „Erlauben Sie, Prinzeßchen, daß ich eben telephoniere. Es ist bereits halb sieben Uhr, und der Schlächter ist noch nicht da." „Hallo! Sind Sie der Schlächter selbst? Die Zuschauer werden ungeduldig, warum kommen Sie nicht?" [Von nun an bis in Ewigkeit!] „Beginnen Sie nur mit den Feierlichkeiten! Soeben habe ich meine Schwester als Wetterhahn auf den Kirchturm gespießt. Der Kirchturm ist nämlich sehr steil, und oben stachelt Fisch in der Peitscheluft. Der Blitzableiter war sehr verrostet und wollte nicht recht durch den Bauch meiner Schwester spießen. Doch blank stachelt Fisch in der Peitschestank. Beginnen Sie nur mit den Formalitäten!"

Ich ließ den König rufen. „Majestät, ich befehle Euch meine schöne Gestalt! Befehlen Eure Majestät über meinen Leichnam!" [Die sechsgespaltene Millimeterzeile kostet 20 Pfennig.] Der König winkte. [Fortuna Schärfmaschine.] Die beiden Sekundanten in schwarzem Gehrock und schwarzen Handschuhen, Zylinder und schwarzer Binde stellten sich zur Seite des Königs auf. Ein schwarzer Hund flog krächzend vorbei. Der König winkte wieder. Die vier Russen, Anna und Emma machten sich bereit für Handreichungen. Der König winkte wieder. Die Sekundanten näherten sich mir, stellten sich vor und fragten mich nach meinem letzten Wunsche. [Schau auf zum Stern!] Ich bat darum, daß die Prinzessin das große Arbeiterlied singen und mich dann küssen möchte. [Unköpfige Hälse, Vacheleder.] Eine Dame aus der Begleitung des Königs fiel ohnmächtig zu Boden. Man holte den Arzt. Fest peitscht innig. Die Prinzessin sang:

„Arbeiter orgelt
cis–d
dis–es
is–e
du deiner dir dich,"

das ganze große Arbeiterlied. Laternenpfahl orgelt küssen breite Röcke wogen weiße Spitzen Kuß. Schlingen Arme breite Röcke wogen Hals Spitzen warme Röhren glatten schlank Fische Karpfen, Karpfen, Karpfen. [Prière de fermer la porte.] Bitte, bitte Tür zu, Du, Du, Du! Ich liebe Dich ja so sehr! [Die Welt mit ihren Sünden.] Nun schlachtet mich!

Der König winkt wieder, der Schlächter fährt vor. Das Haus ist stumm. Pro patria est, dum ludere videmur. [Blau-rot-gelbe Mädchenkompanie.] [Rauchen verboten, ebenso das Inderhandhalten einer nicht brennenden Zigarre.] Zwei Knechte führen sein Fahrrad ab. [Reichsnotopfer.] Ein Knecht bringt eine Keule, groß Ballon zitronenbleich. [Halte, was du hast!] Der Schlächter hat einen blaugestreiften Kittel wehen Tuch. [Zuckerrübenmädchen.] Oktober neigt Zeremonie Rivalen Sekundanten. – Los! – Ich Igel! – Der Schlächter lehnt zurück, schräg Kopf, die Keule hinten oben. [Die höchste Zier, die schönste Freud ist eine traute Häuslichkeit!] Der Schlächter springt vor [Das ist die Liebe!], schwingt Keule senken senken schwer schwer schwer, innig peitscht senken schwer schwer sehr sehr sehr sehr. –
Mein Schädel brach ein.
Nun mußte ich zusammenbrechen; also brach ich zusammen zusammen zusammen, flach. Aaaaa aaaaaaa aaa aaaaa b. [Beifall auf allen Bänken.]
Was sollte nun werden? Man band meine Arme und meine Füße an Winden, Winden winden empor. Senken schlingt flach zusammen schief ausgebreitet. [Aufruf an alle Hand- und Kopfarbeiter.] Man stach mich in die Seite. Blut rinste Eimer blau Strahl rot dick Peitsche. Dreht Mägde Quirl zusammen rädern Eisenbahn Maschinen quirlen Emma Anna. [Unschuldsvoll zu heil'gem Bund hast Du heut Dein Herz geweiht!] Der König verlangte zu trinken. Blau sengte Flamme Mord sehr ab sehr ab. Hohl brennt der Magen Flamme Schwefel Blut. Seit der Zeit hat der König keinen Bart mehr. Bleib treu der Pflicht, sei getreu. [Überreicht von der Schriftleitung.] Es hat nämlich alles seine Wissenschaft. [Amplificatores, Rätegenossenschaft für kapitalistischen Aufbau, Berlin.]
Man wollte mich ausnehmen. [Neueste Moccabonbons, Neuheit.] Umsteiger fahren Messer schlitzen zittern Einge-

weide. [Friedensware.] Es war ein sehr begebenwürdiges Gartenrestaurant. Ich fühlte tausend Freuden Retter morgen zwanzig. Drei Lustren nur hat das im Glashaus gezüchtete Wesen geblüht. [Brausender Beifall.] Mondkalb glänzt innen sanft zog Eingeweide Fett Schmerz sanft enttäubt. [Alles für die rote Armee.] Sauber, sauber, seid sauber Mädchen, sauber beim Waschen, daß nichts verbrennt. [Gott schütze dich.] [Gott schütze dich.]

Flamme heiß, Flamme heiß! Regenwürmer spielten innen sanft in meinem Bauche, es kitzelt leise. Der König gierte meine Augen. Hol, Königstochter, mir die Augen des Jochanaan! [Heut ziehst du aus dem Vaterhaus!] Runde Kugeln innen glatten Schleim sprangen aus die Augen sanfte Hände voll entgegen. Auf einem Teller, Messer, Gabel servierte man die Augen. [Schwerhörige und ertaubte Krieger erhalten kostenlos Rat und Auskunft.] Glatt schleimte Austern Augen senken Magen schwer. Kinder unter zwölf Jahren werden nur in Aufsicht und unter Begleitung Erwachsener zugelassen, Kinder unter acht Jahren müssen außerdem auf Verlangen an der Hand geführt werden. [Eintrittsgeld 50 Pfennige, mindestens aber eine Mark.]

„Gift!“ schrie der König und wälzte sich am Boden. [Die Welt zu vermehren, steht die Wiege hoch in Ehren.] „Träume süß, ich bin vergiftet.“ [August hat 31 Tage, die Tage nehmen eine Stunde und 56 Minuten ab.] Ja, es ist furchtbar. „Herr, ich baue auf Dich, ich hebe meine Hände!“ Zwei Pilze wuchsen Augen Stiel glatt Knollen Milch empor und bohrten Löcher zwei in Königs Bauch. Stiläugig äugten Augen. Stumm schreckte König Kreide. Die Prinzessin hatte ein fürchterliches Herzklopfen. [Acetylen beseitigt den Geruch körperlicher Absonderungen.] Ihr Vater tat ihr so schrecklich leid. Der Arzt wurde gerufen und bemühte sich um die Löcher im Bauche des Königs. [Veritas vincit, mit Anna Blume in der Hauptrolle.] Der alte König war ohn-

mächtig geworden. Furcht gipfelt Silbersaiten Stein zu Stein. Die Prinzessin winkte und befahl, daß ich wieder zusammengesetzt werden sollte. [So werden Bettfedern gereinigt, entstäubt, gewaschen, gedämpft und getrocknet.]
Man begann mich wieder zusammenzusetzen. Mit einem sanften Ruck wurden zuerst meine Augen in ihre Höhlen gedrückt. [Fürchte dich nicht, Glaube, Liebe, Hoffnung sind die Sterne.] Dann holte man meine inneren Teile. Es war zum Glück noch nichts gekocht, auch noch nichts zu Wurst zerhackt. [Vaincu, mais non dompté.] Und doch ist man zufrieden, wenn man noch einen schönen Herbst kriegt. Infolge der mir eigenen inneren magnetischen Ströme schossen meine inneren Teile, sobald sie eingesetzt waren, ruckweise zusammen und hafteten fest und richtig aneinander. [Die Kunst des glücklichen Lebens in der Ehe.] Beim Ordnen der Eingeweide waren gewisse Schwierigkeiten zu überwinden, weil sie ein wenig durcheinander geraten waren. [Der heilige Florian ist ins Deutsche Theater übergesiedelt. Allabendlich stürmische Heiterkeitserfolge.] Aber ich merkte, was los war und lenkte meine magnetischen Ströme hin und her, kreuz und quer, eins zwei eins zwei eins zwei eins der Ton zerwühlen Balken im Auge. Ich zog und zerrte magnetisch an den Eingeweiden, bis alle wieder richtig an gewohnter Stelle lagen. Dabei kam mir meine Kenntnis des inneren Menschen sehr zu gute. [Ein Jahr Probedienst, dann feste Anstellung als preußischer Staatsbeamter.] Jawohl! Man hatte meine festen Teile mittlerweile zusammengesetzt, nun fehlte das Blut noch. [Bordens sweet milkchocolate.] Die Mägde hielten die Schale mit Blut unter den Stich in der Seite und quirlten umgekehrt. Der König stöhnte laut. Durch meine magnetischen Ströme hob sich ein dicker Strahl Blut aus der roten Fläche und stieg in meine Wunde in der Seite. [Was jede Frau wissen muß, darf man dem Mädchen nicht sagen.] Meine Adern füllten

sich langsam, das Herz war voll, die inneren Teile nahmen Blut auf. Aber das Herz rührte sich noch nicht, ich war noch tot. [Frisch gestrichen.] Der Schlächter berührte die Wunde in meiner Seite mit dem Messer, stach tief hinein und zog das Messer heraus, und – die Wunde war zu. [Hier abtrennen und an obige Adresse senden.] Darum sollte jede Frau wenigstens nach der Eheschließung sich belehren. Ich hatte meine Teile nun wieder zusammen, es waren bloß einige Lücken, da kleine Fetzchen an den Messern haften geblieben waren. Der Wunsch und das Bedürfnis dazu ist wohl vorhanden, aber es fehlt an Gelegenheit. Es fehlte auch ziemlich viel Blut, weil der König es getrunken hatte. [Für die Ideale des Sozialismus.] Seit der Zeit bin ich etwas blutarm. Nimm den Käfig mit nach Hause und kauf dir einen Vogel. Man senkte Winden winden Flaschenzüge hinab. Nun mußte ich mich aufrichten, das fühlte ich, und so richtete ich mich auf; erst sehr schnell, dann immer langsamer werdend, bis ich stand. [Ruppig geworden sind mir Herz und Maul.] Im Reiche der Burgunden wuchs ein Mägdelein; ich bin ja nur ein Weib. Sei eingedenk, o Kind, wohin du ziehst! Werde fromm und gut! Bleib fromm, o Kind, tritt ohne Scheu ins Leben ein! [Wählt sozialistisch!] Die beiden Sekundanten nahmen feierlich neben mir Platz und faßten meine Hände. [Anfertigung von Recepten für alle Krankenkassen.] Die schöne Kinderzeit verrann, der Kampf des Lebens fängt nun an. Ich war sehr gespannt darauf, wie man mich nun zum Leben wiedererwecken wollte. [Ismusordner von Jefim Golycheff.] Das Berühren der Sammlungsgegenstände ist aufs strengste untersagt. Mir schwindelte. [Strindberg leise unterwühlen Stramm.] Unser guter alter Lehrer pflegte seinen Unterricht gern mit etwas Humor zu würzen, und das war kein Fehler. [Sonnenblick.] Ich glaube an gar nichts. [Posaunenfest.] Richtig geraten! Aufruf in schwerster Zeit an bibelgläubige evangelische Lehrerinnen! [Was der Mann von der Schwangerschaft und Entbindung wissen muß!] Dein Maul ist eine Säge. [Zahnarzt Sonnenschein.] Der Schlächter nahm seine Keule wieder zur Hand [Die Tragödie der Menschwerdung.], stellte sich vor mich [Das Verhalten des Mannes während der Schwangerschaft.] und legte die Keule sanft auf meinen gespaltenen Schädel. [Rudolf Bauer ist doch ein Künstler.] Anna Blume warten lilablaue Rosen schießt Stachel Lücke Lunkebett. [Reif zum Pflükken, innig vereint.] Teilweise Aufklärung verfehlt ihren Zweck. Dann sprang der Schlächter mit einem gewaltigen Ruck zurück. [Der Oberst ist und bleibt ein Gentleman, wenn er auch ein Idiot ist.] Die Frau muß alles wissen. Es gab einen gewaltigen Krach, als die Keule sich von meinem Kopfe löste. Die Gelegenheit hierzu bietet ein nur für Frauen bestimmtes Werk. Inhaltsverzeichnis: 1. Wie man Liebe gewinnt. – 2. Die gezähmte Widerspenstige. – 3. Was Mädchen beim Manne schätzen. – 4. Etwas vom Küssen. – 5. Wie man Eindruck machen kann. – 6. Wenn man einen Korb erhält. – 7. Ist die Ehescheu berechtigt? – 8. Ursachen der Keuschheit. – 9. Ältere Ansichten. – 10. Wie kann man Maß halten? – 11. Ein guter Rat. – 12. Ist Liebe blind? – 13. Wie erkennt man echte Liebe? – 14. Das Vorleben des Mannes. – 15. Das Intimste vom Intimen. – 16. Der neue Glaube. – 17. Der dunkle Stern. Der Schlächter sprang rückwärtsgehend in seine ursprüngliche Ausgangsstellung zurück. [Er soll dein Herr sein.] Die Stütze der Firma aber bleibt hübsch brav. [Jamais embrassé.] Die Stücke meines Schädels flogen wieder zusammen, ich war so ungefähr wieder heil. [Süßer Augenblick.] Puffer machste nich, und Jurken sind dich zu fett. Das Theater ist überhaupt nur da für Menschen, die überhaupt keine Menschen sind. Versand erfolgt gegen Voreinsendung des Betrages, das Buch ist reich illustriert. Es war ein ganz eigentümliches Gefühl, wieder lebendig zu sein. Selterswasser Segel leuchten Duft Maria. Ich fühlte, daß ich ein wenig Pose machen mußte, und so machte ich ein wenig Pose. [Der König starb gerade.] Mit großer Geste ging ich auf die Königstochter zu und reichte ihr stumm die Hand. [Küsse mich!] Die Königstochter fiel vor mir auf ihre hübschen Spitzenknie. [Aus der engeren Heimat.] Der Arzt fletschte inzwischen Eisbeine. Fortsetzung der offenen Stellen in der Beilage. Sie bat mich inständig, nun ihren Vater zu erretten. [Das Glück im Haidehaus.] Ich wußte, daß ich hier nicht gutmütig sein durfte, an der Gutmütigkeit erkennt man den Dummen. [Anna Blume bleibt hart.] [Gefährliches Alter.] „Dein Vater", sagte ich, „der König, der König bleibt tot." [Schleifleder aus Seehundsfellen.] Der Arzt fiel in Ohnmacht. Ich ließ dem König zwei gelbe Wachskerzen in die Löcher im Bauch stecken und ließ die Kerzen anzünden. [Briefmarken werden in Zahlung genommen.] Als die Flamme durch die Löcher in den Bauch des Königs schlug, explodierte der König. Das Volk aber brachte ein Hoch auf mich aus. [Sozialismus heißt arbeiten.]

DAS VERWESUNGSWESEN

Auch das Herumsteigen unter dem Namen „die“ ist nicht unbequem.
Die Uhr entgrünt die Falten kleidet Seide.
Trompete steigen Anna Blume Elefant. [Radiumhaltig.]
Die Plätze mit dem Rücken sind die teuren Plätze.
Du.
Den großen Gang kann ich auch dir nicht vorenthalten.
Die du, da du, der den.
N. B. Anna Blume und Arnold Böcklin haben die gleichen Anfangsbuchstaben: A. B.

HINRICHTUNG

Merzgedicht 9

Ein Mensch verlangte die Hinrichtung Anna Blumes. Hinrichten wuchtet Kreuzigung. Anna Blume kreuzigen hinrichtet Euch. Ring strahlt das Messer wuchten Scharten schwingen Messer. Ring strahlt das Messer Eure Köpfe, ohne Kopf. Ring wogen Leichen ohne Köpfe Taumel, Taumel.
Menschen! Menschen hirnen Menschen. Ihr Menschen mit dem Gehirn eines Menschen. [Aber mein Herr!] Menschen sind weise, Anna Blume hat ein Vogel.
O du, Geliebte meiner siebenundzwanzig Sinne, A-N-N-A, auch von hinten, du, der ich liebe, du deiner dich dir, das darf nicht sein. Gärten schlingen Welten Kuß. Gärten blühen Hände, Wiesen wohnen Zelte, Himmel welkt Faden, Herbst drahtet Zeiten. Du aber, du Herrlichste, grünst Vogel. Du sättigest tönen Messer die Gefilde. Welkt Erde? Wandern Menschen müssen sterben? Der irre Strahl erhaben glänzt dein Leibern. Tod innig hart peitscht innig Tore Wein.
Stirb nur, du weiser Mensch. Du grünest Menschenhirn. Du grünest zittern Menschenhirn. Du stirbst, ich sterbe Mensch, Anna Blume lebt Welten. O du, Geliebte, du grünt Leben welkes Blatt.
Welkt Faden Menschen?
Arme Beinen senken Leiber.
Anna Blume grünt das Welken.

Tafel 11–12 ▶

K Schwitters 1920.
Der Kopf unter der Mühle.

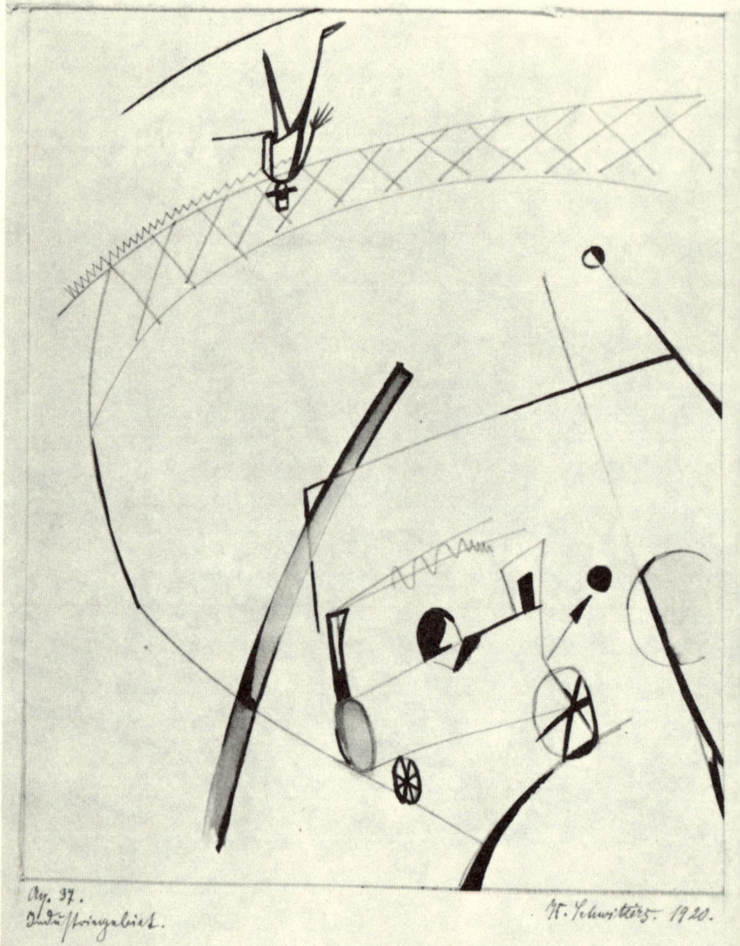
Aq. 37.
Industriegebiet.
K. Schwitters. 1920.

AN EINE ZEICHNUNG MARC CHAGALLS

Gedicht 28

Spielkarte leiert Fisch, der Kopf im Fenster.
Der Tierkopf giert die Flasche.
Am Hüpfemund.
Mann ohne Kopf.
Hand wedelt saure Messer.
Spielkarte Fisch verschwenden Knödel Flasche.
Und eine Tischschublade.
Blöde.
Und innig rundet Knopf am Tisch.
Fisch drückt den Tisch, der Magen übelt Schwerterstrich.
Ein Säuferstiel augt dumm das klage Tier,
Die Augen lechzen sehr den Duft der Flasche.

PORTRAIT RUDOLF BLÜMNER
Gedicht 30

Der Stimme schwendet Kopf verquer die Beine.
Greizt Arme qualte schlingern Knall um Knall.
Unstrahlend ezen Kriesche quäke Dreiz.
Und Knall um Knall.
Verquer den Knall zerrasen Fetzen Strammscher quill.
Und Knall um Knall.
Und Knall um Knall.
Kreuzt Arme beinen quillt den Stuhl.
Der Stuhl ist eine Schraube, klammerwinden Stramm.
Und Knall um Knall der Stimme köpft.
Die Beine schrauben Arme würgend liß.

ICH WERDE ERBAUT
Gedicht 18

Kurbel dämmert Kopf Gelächter.
Tief zu Innen zages Land.
Ferne Hütten welken Tau.
Du.
Wiesen bluten Weideschnee.
Wiesen bluten Blut.

ABEND
Gedicht 25

Glut streichelt sanfte Welten Kuß
Pfiff Sonne Faden Sonne [Zeppelin]
Ich Faden Sonne Glimmerglanz
Und Glimmergluten sanftet Welt.

GOLDENE STÄBE
Gedicht 26

Herbsten Zelte,
Herbsten Schwäne Liebe?
Glut zerbröckelt Leichenwein
Faden stoppelt Mückentanz
Unitas zerdomen Schwäne.
Du, Luise!
Blume blütet Abend strömen Stäbe.
Du, Luise!

Nur ungern entschloß ich mich, diesen „Artikel“ aus Mangel an Spiritus in den Handel zu bringen. Sobald wieder genügend Spiritus zur Anfertigung des alten guten Feuilletonstils zu haben sein wird, stelle ich den Vertrieb des Merzstils wieder ein, falls er nicht nachverlangt wird. Unzufriedene erhalten ihr Geld zurück. Ich bitte in diesem Falle um Nachricht, warum Sie unzufrieden waren, in wiefern Sie keinen Erfolg bemerkten, wie lange und wie oft Sie den Artikel lasen, und gegen welche Krankheit. Ferner bitte um Rücksendung des angebrauchten Silbergauls als Muster ohne Wert. Der Betrag für ungeknickte Exemplare erfolgt vermutlich Spiritus-Zentrale kitten Weimar umgekehrt.

Mit ausgezeichneter Hochachtung

Alves Bäsenstiel

AN ALLE BÜHNEN DER WELT

Ich fordere die Merzbühne.
Ich fordere die restlose Zusammenfassung aller künstlerischen Kräfte zur Erlangung des Gesamtkunstwerkes. Ich fordere die prinzipielle Gleichberechtigung aller Materialien, Gleichberechtigung zwischen Vollmenschen, Idiot, pfeifendem Drahtnetz und Gedankenpumpe. Ich fordere die restlose Erfassung aller Materialien vom Doppelschienenschweißer bis zur Dreiviertelgeige. Ich fordere die gewissenhafteste Vergewaltigung der Technik bis zur vollständigen Durchführung der verschmelzenden Verschmelzungen. Ich fordere die abstrakte Verwendung der Kritiker und die Unteilbarkeit aller ihrer Aufsätze über die Veränderlichkeit des Bühnenbildes und die Unzulänglichkeit der menschlichen Erkenntnisse überhaupt.
Ich fordere den Bismarckhering.
Man setze riesenhafte Flächen, erfasse sie bis zur gedachten Unendlichkeit, bemäntele sie mit Farbe, verschiebe sie drohend und zerwölbe ihre glatte Schamigkeit. Man zerknicke und turbuliere endliche Teile und krümme löchernde Teile des Nichts unendlich zusammen. Glattende Flächen überkleben. Man drahte Linien Bewegung, wirkliche Bewegung steigt wirkliches Tau eines Drahtgeflechtes. Flammende Linien, schleichende Linien, flächende Linien überquert. Man lasse Linien miteinander kämpfen und sich streicheln in schenkender Zärtlichkeit. Punkte sollen dazwischensternen, sich reigen, und einander verwirklichen zur Linie. Man biege die Linien, knacke und zerknicke Ecken würgend wirbelt um einen Punkt. In Wellen wirbelnden Sturmes rausche vorbei eine Linie, greifbar aus Draht. Man kugele Kugeln wirbelnd Luft berühren sich. Einander durchdringend zereinen Flächen. Kisten kanten empor, gerade und schief

und bemalt. In sich Klappcylinder versinken erdrosselt Kisten Kasten. Man setze Linien ziehend zeichnen ein Netz lasurierend. Netze umfassen verengen Qual des Antonius. Man lasse Netze brandenwogen und zerfließen in Linien dichten in Flächen, Netzen die Netze. Man lasse Schleier wehen, weiche Falten fallen, man lasse Watte tropfen und Wasser sprühen. Luft bäume man weich und weiß durch tausendkerzige Bogenlampen. Dann nehme man Räder und Achsen, bäume sie auf und lasse sie singen [Wasserriesenüberständer]. Achsen tanzen mitterad rollen Kugeln Faß. Zahnräder wittern Zähne, finden eine Nähmaschine, welche gähnt. Empordrehend oder geduckt, die Nähmaschine köpft sich selbst, die Füße zu oben. Man nehme Zahnarztbohrmaschine, Fleischhackmaschine, Ritzenkratzer von der Straßenbahn, Omnibusse und Automobile, Fahrräder, Tandems und deren Bereifung, auch Kriegsersatzreifen und deformiere sie. Man nehme Lichte und deformiere sie in brutalster Weise. Lokomotiven lasse man gegeneinander fahren, Gardinen und Portieren lasse man Spinnwebfaden mit Fensterrahmen tanzen und zerbreche winselndes Glas. Dampfkessel bringe man zur Explosion zur Erzeugung von Eisenbahnqualm. Man nehme Unterröcke und andere ähnliche Sachen, Schuhe und falsche Haare, auch Schlittschuhe und werfe sie an die richtige Stelle, wohin sie gehören, und zwar immer zur richtigen Zeit. Man nehme meinetwegen auch Fußangeln, Selbstschüsse, Höllenmaschinen, den Blechfisch, in dem man Puddings backt [Kritiker] und den Trichter, natürlich alles in künstlerisch deformiertem Zustande. Schläuche sind sehr zu empfehlen. Man nehme kurz alles, von der Schraube des Imperators bis zum Haarnetz der vornehmen Dame, jedesmal entsprechend den Größenverhältnissen, die das Werk verlangt.
Menschen selbst können auch verwendet werden.
Menschen selbst können auf Kulissen gebunden werden.

Menschen selbst können auch aktiv auftreten, sogar in ihrer alltäglichen Lage, zweibeinig sprechen, sogar in vernünftigen Sätzen.
Nun beginne man die Materialien miteinander zu vermählen. Man verheirate z. B. die Wachstuchdecke mit der Heimstättenaktiengesellschaft, den Lampenputzer bringe man in ein Verhältnis zu der Ehe zwischen Anna Blume und dem Kammerton a. Die Kugel gebe man der Fläche zum Fraß und eine rissige Ecke lasse man vernichten durch 22tausendkerzige Bogenlampenschein. Man lasse den Menschen auf den Händen gehen und auf seinen Füßen einen Hut tragen, wie Anna Blume. [Katarakte.] Schaum wird gespritzt.
Und nun beginnt die Glut musikalischer Durchtränkung. Orgeln hinter der Bühne singen und sagen: „Fütt Fütt". Die Nähmaschine rattert voran. Ein Mensch in der einen Kulisse sagt: „Bah". Ein anderer tritt plötzlich auf und sagt: „Ich bin dumm". [Nachdruck verboten.] Kniet umgekehrt ein Geistlicher dazwischen und ruft und betet laut: „O Gnade wimmelt zerstaunen Halleluja Junge, Junge vermählt tropfen Wasser." Eine Wasserleitung tröpfelt ungehemmt eintönig. Acht. Pauken und Flöten blitzen Tod, und eine Straßenbahnschaffnerspfeife leuchtet hell. Dem Mann auf der einen Kulisse läuft ein Strahl eiskaltes Wasser über den Rücken in einen Topf. Er singt dazu cis d, dis es, das ganze Arbeiterlied. Unter dem Topfe hat man eine Gasflamme angezündet, um das Wasser zu kochen, und eine Melodie von Violinen schimmert rein und mädchenzart. Ein Schleier überbreitet Breiten. Tief dunkelrot kocht die Mitte Glut. Es raschelt leise. Anschwellen lange Seufzer Geigen und verhauchen. Licht dunkelt Bühne, auch die Nähmaschine ist dunkel.
Ich fordere Einheitlichkeit in der Raumgestaltung.
Ich fordere Einheitlichkeit in der Zeitformung.
Ich fordere Einheitlichkeit in der Begattungsfrage, in bezug

auf Deformieren, Kopulieren, Überschneiden. Das ist die Merzbühne, wie sie unsere Zeit braucht. Ich fordere Revision aller Bühnen der Welt auf der Grundlage der Merzidee.
Ich fordere sofortige Beseitigung aller Übelstände.
Vor allen Dingen aber fordere ich die sofortige Errichtung einer internationalen Experimentierbühne zur Ausarbeitung des Merzgesamtkunstwerkes.
Ich fordere in jeder größeren Stadt die Errichtung von Merzbühnen zur einwandfreien Darstellung von Schaustellungen jeder Art. [Kinder zahlen die Hälfte.]

SELBSTBESTIMMUNGSRECHT DER KÜNSTLER

Nachwort

Himmelwelten Eisenzelte, Bahnhof und Paul Steegemann. Aus diesem Grunde entschloß ich mich zur Herausgabe dieser Sammlung meiner Gedichte, amen.

Was heißt dichten? $2 \times 2 = 4$, das ist noch kein Gedicht. [Die Luftlinie Syrakus, Butterbrot, Zentralheizung.] Es ist sehr schwer, eine Aussage dichterisch zu verwenden. Stramm schlagen tausend, ja sogar Millionen. [Reinigungssalz findet Anwendung bei den verschiedensten Magenbeschwerden.] Stramm schlagen tausend, ja sogar Millionen. Stramm war der große Dichter. Die Verdienste des Sturm um das Bekanntwerden Stramms sind sehr. Die Verdienste Stramms um die Dichtung sind sehr.

Abstrakte Dichtung.

Die abstrakte Dichtung wertet Werte gegen Werte. Man kann auch „Worte gegen Worte" sagen.

Das ergibt keinen Sinn, aber es erzeugt Weltgefühl, und darauf kommt es an. [Der Gemeine muß jedem Offizier Achtung und Gehorsam erweisen.]

Übertragung der Weltanschauung des Künstlers. [Hühneraugenmittel in der Friedensgesellschaft, Kriegsware.] Totalerlebnis grünt Hirn, jedoch auf die Formung kommt es an. Reim, Rhythmus und Ekstase dürfen nie zur Manier werden. [Bei eintretender Dunkelheit werden dieselben gratis ergänzt, also nur einmalige Ausgabe.] Das ist die abstrakte Dichtung.

Die Merzdichtung ist abstrakt. Sie verwendet analog der Merzmalerei als gegebene Teile fertige Sätze aus Zeitungen, Plakaten, Katalogen, Gesprächen usw., mit und ohne Abänderungen. [Das ist furchtbar.] Diese Teile brauchen nicht

zum Sinn zu passen, denn es gibt keinen Sinn mehr. [Das ist auch furchtbar.] Es gibt auch keinen Elefanten mehr, es gibt nur noch Teile des Gedichtes. [Das ist schrecklich.] Und Ihr? [Zeichnet Kriegsanleihe!] Bestimmt es selbst, was Gedicht, und was Rahmen ist.
Anna Blume verdanke ich viel. Mehr noch verdanke ich dem Sturm. Der Sturm hat meine besten Gedichte zuerst veröffentlicht und meine Merzbilder zuerst in Kollektion gezeigt.
Einen Gruß an Herwarth Walden!

Kurt Schwitters

Der Übergang vom alten plumpen Pincenez zum neuen, eleganten Fingerkneifer für jeden ein Schmuck des Gesichts.

AUFRUF

1921

Mit der „Anna Blume" fing es an, und mit der „Anna Blume" setzte es sich fort – drei Jahre lang! – So groß war der Erfolg, daß die „Anna Blume" in immer neuen Versionen erschien: „Anna Blume" 1, „Anna Blume" 2, „Memoiren Anna Blumes in Bleie", und schließlich „Die Blume Anna" – die vier Sammlungen früher Dichtung, die in diesem Buche zusammengefaßt sind. Und doch gäbe es ein schiefes Bild dieser Frühzeit, wenn man sich auf die „Anna Blume"-Texte beschränken wollte. In den gleichen vier Jahren – 1919 bis einschließlich 1922 – erschienen nicht weniger als 56 Beiträge von Kurt Schwitters in Herwarth Waldens umstrittener Avantgarde-Zeitschrift „Der Sturm", Berlin! – Eine Reihe dieser Texte wurde allerdings auch in den „Anna Blume"-Büchern veröffentlicht, aber viele erschienen nur im „Sturm", und da Exemplare dieser Zeitschrift heute kaum noch aufzutreiben sind, gerieten diese ergötzlichen und oft wesentlichen Dichtungen in Vergessenheit. Dabei sind es zu viele, und sie sind auch zu wichtig, um hier als Anhang gebracht zu werden. „Kurt Schwitters im ‚Sturm' " ist ein eigenes Buch wert!

Für meinen Vater war „Der Sturm" ein Sicherheitsventil, wo er von Zeit zu Zeit „Dampf ablassen konnte". So erschien gerade im „Sturm" die Mehrzahl seiner Erwiderungen auf Kritiken; er nannte sie „Tran" und numerierte sie fortlaufend. „Zwischen den Linien" finden wir hier aufschlußreiche Programmerklärungen. Weiter enthielt „Der Sturm" viele der frühen Gedichte, die noch deutlich an den Stil August Stramms erinnern, und schließlich sind da die herrlichen dadaistischen Novellen, wie „Franz Müllers Drahtfrühling", und dadaistische Artikel, wie:

DER STURM

MONATSSCHRIFT / HERAUSGEBER: HERWARTH WALDEN

AUFRUF! (ein Epos)

Was ist ein Abstinent? ∀-N-N-∀

Kein anderer Beruf ist so eng mit dem Laufe der Jahreszeiten verknüpft.

Abstinent kann männlichen und weiblichen **Geschlechts** sein. Das letztere hat mehr Anlage dazu.

(FACHTIERARZT für

HUNDEKRANKHEITEN.)

KU Quarzlampenbehandlung („Höhensonne".) Elektrotherapie — Kupieren in Narkose KU KU

Sprechzeit 10—12

[Zweigniederlage Berlin.]

Insbesondere wird Wert gelegt auf reifes politisches Urteil, hervorragend gewandte, klare und fesselnde

AusdrucksForm

Der hannoversche MALER Kurt Schwitters veröffentlicht in der Zeitschrift „DER STURM" nachstehende Dichtung:

und die Fähigkeit, den Ereignissen auf dem Fusse folgend alle Tagesfragen in leitenden Artikeln in erschöpfender und formvollendeter Weise zu behandeln. (LÄRM LINKS.)

An ANNA BLUME!

(Name und Verpackung gesetzlich geschützt.) (D. R. P. MERZ?) (D. R. G. M.)

/ / / / / / / / / / / / / / / / / **ARBEITER!**

Je mehr die Untersuchungen und Veröffentlichungen über den Weltkrieg die verbrecherischen Taten des alten Regimes dem Volke zum Bewusstsein bringen (Gottverdammter Mistbauer, kannste nich hören?), desto frecher erhebt die Reaktion, die heute in der Deutschnationalen Volkspartei verkörpert wird (O, dit is een widerlichen Menschen, isses!), ihr Haupt. Ich ersehe darin den aus dem Innersten kommenden Ausdruck des Entschlusses aller vaterländischen Kreise, die Schwere dieser Zeit gemeinsam zu tragen (Zurück zur einsamen Mutter Roma!), bis das Bittere der uns auferlegten Prüfung überwunden ist. (Militärdiktatur.) Angebote und Stilproben aus der letzten Zeit, Lebenslauf und Bild erbeten. (Der Verkehr wird durch Umsteigen aufrecht erhalten.)

(Es wird das Jahr stark und scharf hergehen.)

Die Menge versperrte die Strassen, und der Kraftwagen wurde in wenigen Minuten von der Menge angehalten, wobei beide Lokomotiven stark beschädigt wurden.

O du, Geliebte meiner siebenundzwanzig Sinne, ich liebe dir!
Du deiner dich dir, ich dir, du mir. — Wir?

(Die letzte Kraftanspannung der Bolschewisten.) Sechs Zugbeamte wurden verletzt, darunter drei erheblich, und immer wieder erscholl der Ruf: „Hoch Hindenburg!“ und „Hoch Ludendorff“ und „Nieder mit der Reaktion“!
(Das gehört beiläufig nicht hierher.)
Die Anwesenheit des Feldmarschalls und die Achtung vor diesem Manne sollen das FEUERCHEN abgeben, an dem DAS nationalistische Süppchen zum Sieden gebracht wird. Der Personenverkehr wird durch Umsteigen aufrecht erhalten. (Guten Appetit!) ICH FLETSCHE Eisbeine.

(Stürmische Pfuirufe.)

In diesem Augenblick schwang sich (La morale est l'épine dorsale des imbéciles.) ein Student auf das Trittbrett und rief: „Strassen versperren! Wie während des ganzen Krieges, so gilt auch heute mein ganzes Denken des Vaterlandes Zukunft. Die erste Annahme, dass falsche Weichenstellung vorliege, hat sich als irrig erwiesen. Es ist Zeit, dass die Schweinereien im Kinowesen aufhören. Wer bist du, ungezähltes Frauenzimmer? Wir wollen sie wecken! Du bist. — Bist du? — (Ehrabschneiderei.) Lass sie sagen, sie wissen nicht, wie der Kirchturm steht. (Glissando.)

Seriöser Herr, welcher sehr gut Klavier spielt, findet dauerndes sehr behagliches HEIM bei einz. älterer DAME in schöner Wohnlage.

Wir wollen sie wecken!

WIR WOLLEN SIE WECKEN!

Die grosse Zahl an Toten und Verwundeten ist zweifellos darauf zurückzuführen, dass in dem Zuge, wie gewöhnlich, auch eine grosse Anzahl Schmuggler sich befanden, die in Blechdosen und am ganzen Körper verborgen **96** prozentigen Spiritus bei sich führten.

Keine kalten Umschläge!

Aber man muss die Ohren steif halten, und jeder, der Ehre und Liebe fürs Vaterland hat, muss alles daran setzen, um der Arbeiterschaft ein sozialistisches Weihnachtsgeschenk in den Schoss zu legen. Sie werden es nie begreifen. Inzwischen hatten vor dem Reichstagsgebäude etwa 100000 Personen Aufstellung genommen. (Wenn sone Geige angewärmt is, denn gehtse besser.) Schüler, Studenten und andere radaulustige Elemente werden zu unerlaubten nationalistischen und monarchistischen Strassendemonstrationen veranlasst. (Also Fritz, nun rede keinen Ton weiter!) Lebhafter Beifall rechts, Zischen links und im Centrum. Du trägst den Hut auf deinen Füssen und wanderst auf die Hände, auf den Händen wanderst du. (Wissenschaftliche Forschungsergebnisse.) Dieses Wort Friedrichs des Grossen müssen wir uns mehr denn je vor Augen halten, in vielen Millionen von Bänden verbreitet, in keiner Familie dürfen dieselben fehlen. Denn der, der; die, die; da da goldet Glotur.
Plötzlich sprang ein Student auf ein Automobil und hielt eine Rede des Inhalts, dass man um keinen Preis Deutschlands grössten Feldherrn wie einen dummen Jungen vor dem Ausschuss verhören lassen dürfe. Schul- und Polizeibehörden scheinen zu schlafen. Hallo deine roten Kleider, in weisse Falten zersägt. (Kleider, die sich zur Einsegnung eignen.) Rot liebe ich Anna Blume, rot liebe ich dir! — Du deiner dich dir, ich dir, du mir. — Wir? — Er schloss mit einem Hoch auf den Kaiser. Der Abstinent will immer des Bruders Hüter sein und bläst, wo's ihn nicht brennt. Das gehört beiläufig in die kalte Glut. Die Menge sang: „Heil Dir im Siegerkranz.“

ARBEITER! Parteigenossen! erscheint in Massen zu unseren Kundgebungen gegen die reaktionäre alldeutsche Hetze für Republik und Demokratie. **Nieder mit der Revolution!** — Die Verluste Deutschlands bis zum 31. Oktober 1918 betragen 60 Tote und 113 Verwundete. 21 Tote sind bisher geborgen. Die Toten und Verwundeten stammen meist aus der Gegend von Ratibor, zum Teil sind es auch bekannte Schmuggler. In diesem AUGENblick KAM der Generalfeldmarschall heran. Ernst und schwer ist die Zeit, aber weiterkämpfen und wirken müssen wir mit allen Kräften bis zum ehrenvollen Ende.

DIE ANGESEHENSTEN MITARBEITER

bürgen dafür, dass auch der Inhalt dieses Jahres abwechslungsreich und lebendig gestaltet wird. Die Menge umdrängte das Auto und brach in begeisterte Hochrufe aus:

Rote Blume, Rote Anna Blume, wie sagen die Leute? Der Generalfeldmarschall lehnte sich aus dem Fenster und rief der begeisterten Menge zu:

Preisfrage.

1. Anna Blume hat ein Vogel.
2. Anna Blume ist rot.
3. Welche Farbe hat der Vogel?

Wenn Sie die Kollektion noch nicht haben sollten, schreiben Sie sofort, damit wir Ihnen dieselbe zusenden. In diesem Augenblick wurde die Versammlung von der Sicherheitswehr aufgelöst. Engros zu beziehen durch sämtliche Drogenhandlungen. (Ich kann mich auch mal irren, aber in diesem Falle ist ein Irrtum ausgeschlossen.)

Ich danke Ihnen für die Huldigungen, aber jetzt muss ich nach Hause, ich habe zu arbeiten. Blau ist die Farbe deines gelben Haares.

Darauf fuhr das Auto davon.

Ein unheimliches Bild boten einige der Insassen, denen es gelang, aus dem Zuge zu springen, die aber infolge des bei Ihnen verborgenen Spiritus in Brand gerieten und nun als lebende Fackeln auf den Feldern herumrasten, bis sie zusammenbrachen.

Die „Jungfrau" weiss in allen dich interessierenden Dingen Bescheid; sie ist unerschöpflich in Unterhaltungen und Spielen. In unserem Vaterlande gibt es eine Monatsschrift für Kultur und Künste, die sich „Der Sturm" nennt. Mit voller Wucht stürmen die Feinde immer aufs neue gegen unsere Front, jedoch ohne die gewollten Erfolge. In dieser Zeit, wo soviel Zündstoff aufgespeichert liegt, sollte man sich vor jedem Funken hüten. Es wird kein Mensch daran zweifeln, dass die in erster Linie für Hindenburg veranstalteten Ovationen durchaus spontan und keine umstürzlerischen Programmnummern sind. Die „Jungfrau" will dich lehren, selbst eine brave deutsche Jungfrau zu werden. Lokalpatrioten wird schwarz vor den Augen bei dieser Nachricht. Der Historiker ist ein Utopist. Einige, namentlich geklebte, sind nur geschmackvoll, ohne die Zerquetschten. An alles dieses müssen wir denken, wenn jetzt das Vaterland zur 9. Kriegsanleihe ruft. (Rot ist das Girren deines grünen Vogels.) Es geht ums Ganze, um Sein oder Nichtsein unseres Vaterlandes. Auch der Martinstag ist solch ein alter deutscher Kalendertag. Du schlichtes Mädchen im Alltagskleid, du liebes grünes Tier, ich liebe dir! Du, deiner, dich, dir, ich dir, du mir. — Wir? Daher muss jeder Kriegsanleihe zeichnen.

„DIE JUNGFRAU" sammelt allwöchentlich einen frohen Kreis junger Mädchen um sich zu einem Plauderstündchen. (Das soll man garnich sagen!) Da es sicherlich nicht viele gibt, die diese Art von Kunst und Kultur begreifen (Gerade diese Butzemänner.), so erkennt man unschwer, wie weit die Welt (Da kann man aber albern bei werden.) unter dem Niveau der Futuristen, Kubisten, Dadaisten und anderer Isten steht. Der Abstinent ist intolerant und will die Welt zu dem bekehren, was ihm die Gelehrten in den Kopf gesetzt haben, und was bei ihm zur fixen Idee geworden ist. Dieser explodierte und verursachte Brände. Die Toten sind stark verkohlt, zum Teil bis zur Unkenntlichkeit verbrannt. (Das gehört beiläufig in die Glutenkiste.) Die „Jungfrau" handelt sich immer wieder und nur allein um die Nutzbarmachung des Bodens für unsere Ernährung. (Konservierungsmethoden.) Als vermisst werden 260 000 Mann gemeldet, wovon aber ein grosser Teil ebenfalls nicht mehr unter den Lebenden weilen wird. (Der Ackerbau ist des Landmanns Arbeit.) Ueber 6 Millionen Menschen sind der Grippe zum Opfer gefallen. Die scheinen ihre Gedichte grundsätzlich so zu fassen, dass mann sich nichts dabei denken kann. (Bitte?) Das ist der Fehler!

Der Abstinent hat in der Regel eine gemeine, robuste Gesundheit, und seine Kinder sind noch gesünder.

Die „Jungfrau" verhilft entfernt wohnenden Jungfrauen zum Briefwechsel und gibt auf jede Frage eine Antwort.

Der Abstinent will immer lesen. Dadurch nistet sich seine Idee immer fester ein.

Die „Jungfrau" will dir in ernsten und heiteren Stunden zur Seite stehen, sie will dir beistehen, deinen lieben Eltern Freude zu bereiten.

Der Abstinent ist ansteckend. (Ia Kriegsgewinnlerfleisch in Form von Mettwurst.)

Die „Jungfrau" hat schon eine stattliche Zahl von Jungfrauen um sich versammelt und ladet auch dich ein, als frische Jungfrau in deren Reihen einzutreten. (In 8 Tagen bekomme ich eine bessere Leiche.) Sonst ist dem

Abstinenten
nichts Ehrenrühriges nachzusagen.

Leider!

Die Teilnehmer ordneten sich draussen zu einem gewaltigen Demonstrationszuge. Anna Blume, Anna, A - N - N - A, ich träufle deinen Namen. Dein Name tropft wie weiches Rindertalg. Dort fanden die Demonstranten die Strasse gesperrt. Sie erzählt ihnen wundernette, hübsche Geschichten und gedankentiefe Märchen und entrollt in wechselndem Gewande Bilder aus Kunst und Natur, vom Ernst und der Freude des Lebens. Sie begaben sich darauf vor das Reichsfinanzministerium, brachten Pfuirufe auf Erzberger aus und sangen schliesslich „Heil dir im Siegerkranz" und „An Anna Blume."
Nach getaner Arbeit die geistige Erholung. Weisst du es, Anna, weisst du es schon, man kann dich auch von hinten lesen, und du, du Herrlichste von allen (abrupt), du bist von hinten, wie von vorne: „A - N - N - A". Verlangen Sie zur Ansicht, ohne Verbindlichkeit, franko gegen franko, Muster! Über die Streiklage selbst meldet unser Berliner R-Korrespondent, dass sie sich entschieden gegen vorgestern gebessert hat. Wegen Aufgabe des Artikels verkaufe, solange Vorrat reicht, in prima Sattlerware. Rindertalg träufelt streicheln über meinen Rücken. In Rücksicht auf den Belagerungszustand bitte ich jedoch von weiteren Kundgebungen absehen zu wollen. (Aufhebung des roten Vollzugsrates.) Sie geleitet solcherweise ihre Getreuen schwesterlich durch die Mädchenjahre hindurch, lehrt hier begreifen, dort bewundern, ermuntert dazu, die eigenen Geistesgaben im Sinne des Schönen und Guten zu erziehen und zu vertiefen. Anna Blume, du tropfes Tier, ich liebe Dir! (Das Lieblingsblatt der Mädchenwelt.)

Seriöser Herr, welcher sehr gut Klavier spielt, findet dauerndes sehr behagliches HEIM bei einz. älterer DAME in schöner Wohnlage.

Kurt Schwitters

ANNA BLUME
DICHTUNGEN
1922

Der Ball rollte weiter. Kurt Schwitters hatte Hans Arp, Theo und Nell van Doesburg, Raoul Hausmann, Hannah Hoech, Christof Spengemann, Tristan Tzara und viele andere Dadaisten und Avantgardisten getroffen und sich mit ihnen befreundet. Voller Lebensmut und Lebensfreude geht man auf reguläre „Dada-Feldzüge" in Deutschland, Holland und der Tschechoslowakei. In „MERZ 20 Katalog" [1927] führt Kurt Schwitters eine imponierende Liste der besuchten Städte auf:
Amsterdam, Berlin, Braunschweig, Bremen, Delft, Drachten, Dresden, Einbeck, den Haag, Haarlem, Hamburg, Hannover, s'Hertogenbosch, Hildesheim, Holzminden, Jena, Leer, Leiden, Leipzig, Lüneburg, Magdeburg, Prag, Rotterdam, Sellin, Utrecht, Weimar, Zwickau. – „Anna Blume" ist überall im Vordergrund und feiert immer neue Triumphe. Das Gute Bürgertum ist empört. Oft kommt es fast zu Schlägereien, aber „Anna Blume" siegt: „Wer bist du, ungezähltes Frauenzimmer? Du bist – bist du? – Die Leute sagen, du wärest, – laß sie sagen, sie wissen nicht, wie der Kirchturm steht."
Und unterwegs werden nicht nur Vorträge gehalten, wird nicht nur Material für neue Merzbilder gesammelt, werden nicht nur neue Bilder gebaut und neue Freundschaften geschlossen und Beziehungen geknüpft – es wird auch viel gedichtet. Schon 1922 erscheint eine zweite Ausgabe der „Anna Blume", auch im Paul Steegemann Verlag in Hannover. Sie ist erweitert, enthält noch wesentliche Teile der ersten Ausgabe, darüber hinaus aber auch viel Neues. Selbstverständlich bleibt das Kernstück „An Anna Blume", jetzt sogar in 4 Sprachen: Deutsch, Französisch, Englisch und Ungarisch!
Soweit die Texte schon in «Anna Blume» 1 enthalten sind, wurden sie hier nicht wiederholt.

ANNA BLUME

Dichtungen

von

KURT SCHWITTERS

PAUL STEEGEMANN VERLAG HANNOVER

STATT EINLEITUNG:

Theodor Däubler im Berliner Börsen-Courier:
Kurt Schwitters ist einer der stärksten Künstler, denen lebensfähige Abstraktionen gelingen.
Christof Spengemann:
Er malte das Bildnis der Zeit und wußte es nicht. Nun kniet er vor einem Gänseblümchen und betet.
Hannoverscher Courier:
... wirken die Leistungen Schwitters mit einem Ernst und einer Reife, die höchst angenehm absticht. Dieser Künstler, ohne oberflächliche Gefälligkeit, steht ganz auf dem sicheren Boden eines ehrlichen und hingebenden Naturstudiums, dem einzig richtigen Ausgangspunkte jedes künstlerischen Schaffens. Und so wirkt er hier als Charakter, die alte Wahrheit unterstreichend, daß Talent ohne Charakter noch nichts bedeutet.
Rudolf BLUeMnEr:
Anna Blume, meine 3 Buchstaben zu dich, bin ich
Prof. Dr. Biermann im Cicerone:
Nur soviel sei allen gesagt, die mit einem billigen Witz diese Dinge in Bausch und Bogen abtun wollen und Anna Blume, das ungezählte Frauenzimmer, zum fröhlichen Unterhaltungsstoff dieser ach so dunklen Tage erkürten, daß es auch in der Kunst immer wieder Dinge gibt, die jenseits jener Alltagsmoral stehen, auf der ein braves Kunstphilisterium seine überlegene Weisheit gründet.
Alfred Flechtheim:
Lieber Herr, lassen Sie Anna Blume, dichten · Sie nicht, malen Sie!

A EVE MAFLEUR

Poème Merz No 1

Eve Mafleur, o bien-aimée de mes vingt-sept sens, je t'aime!
– Je te, te je, moi te je, toi tu me. – Nous?
Passons [soit dit entre nous].
Qui es-tu, femme jamais dénombrée? Tu es – es-tu? – On dit que tu es – laisse les gens dire, il ne savent pas comment le clocher se tient debout. Tu portes ton chapeau sur tes pieds et tu te promenasses sur tes mains, sur tes mains tu te promènes.
Ohé, tes robes rouges sciées en plis blancs.
J'aime Eve Mafleur en rouge, en rouge je t'aime, je toi! –
Je te à toi, de toi, moi te je, toi tu me. – Nous?
Disons ça [entre nous] à l'ardeur froide.
Ma fleur rouge, Eve Mafleur rouge, qu'est-ce que les gens disent?
Concours: 1° Eve Mafleur est maboule.
2° Eve Mafleur est rouge.
3° Quelle couleur a la boule?
La couleur de ta crinière jaune est bleue.
Le roulement de ta boule est vert.
Oh toi, fille simple en robe de tous les jours, ma bête verte bien-aimée, je t'aime à toi! – Je te, te je, moi te je, toi tu me. – Nous?
Mettons ça [entre nous] au fourneau à braise.
Eve Mafleur! Eve, e-v-e, je fais dégoutter ton nom. Ton nom goutte comme du suif de bœuf chaud.
Le sais-tu Eve, le sais-tu déjà?
On peut te lire aussi par derrière, et toi, la plus magnifique de toutes, tu es par derrière aussi bien que par devant: e-v-e.
Suif de bœuf goutte caresser mon dos.
Eve Mafleur, o bête gouttelante, je te aime!

Traduction de Schacht

AUX PROLÉTAIRES DE PARIS
Transit

Quelle pénurie de charbon!
Faites des économies sur le gaz et sur les prix des tickets des chemins de fer! [Trace provisoire.]
Les objets trouvés sont priés de tenir en laisse les avis.
On paie l'impôt sur les chiens au chef de la gare.
L'administration des guichets à l'hôpital [ne pas fumer incassable].
Place réservée aux chiens sans refrènement.
Tout commerce est pâte dentifrice aux personnes incompétentes [même le commerce clandestin].
Les bijoux sont défendus et ne peuvent pas continuer leur voyage.
Les parapluies mouillés doivent passer par la porte au milieu.
Ne pas sauter au camarade en cours [quand le train s'arrête].
Ne pas ouvrir avant que le train marche [soignez vos dents!].
C'est la faute capitale de toute politique!

Traduction de Roland Schacht

LE PRISONNIER

Défense de tirer ici. Sauce aigre monte en elle-même. La violette a un œil duquel elle sangloter de poissons verts autour d'un cadavre de mouette frit [L'Action francaise]. Car c'est ma femme qui a une langue très salée au dos à son chignon il y a la queue frétillante la crème passée. Raoul Hausmann s'émiette doucement des braises caresser bâti en tour casser en balles tourbillonnant à gauche [par la droite]. Sang bouillonne en vènes éraflées devant Apollinaire autour les crénaux s'enracinent les montagnes à droite à gauche. Droite et gauche. Gauche et droite. Un deux, un deux, un deux, un le ton aplanir fourmillonnant la poutre à l'œil. Ton œil, Eve Mafleur, ton œil reste sec. Tu l'écrases gazouiller Apyl bas de soie peuvent dame être compris, Gauguin pas de la pompe aux nuages Jean Arp erroner Eve Mafleur sapin vert pompe gauche deux gauche deux gauche deux gauche deux un. Gauche deux un. Deux un. Un.

Huit.

Traduction de Roland Schacht

LA GRANDE ARDEUR DE DADA

Marche funèbre

Braise saigne Braises saignent sang. Merz verdisser tempête sus aux horloges. Le clocher monte un débauché griffer des griffes [Ça va sans dire du reste]. Griffes en haut griffes débauché griffes; lalladou. V'lan. Jaillissent poissons rouler lamagoce [c'est la fête à papa!] poissons s'effeuille en dedans doucement mer zeppelins ... S'élance, s'enrage, se démène – mer s'élancer poissons airs zeppelins. La tourtellette goutte gouttes [où?], gouttes frôlent ballot au milieu [Eve Mafleur, ma bien-aimée, as-tu jamais lu quelque chose de semblable?]. Mon cadavre est trop grand, à la nuit – s'émiette, émiette, émiette – trop grand est mon cadavre. Eaux fouettent vallée dédoucie – émiette, miette, miette – trop grand est mon cadavre, géants voûtent coupole en miettes – émiette miette miette, mon cadavre est trop grand, suaire de Cagliostro – miette miette miette – mon cadavre est trop grand, aux orphelins aide-les-pauvres – miette miette miette – trop grand est mon cadavre, Alves Manchebalai – balai balai balai – trop grand est ton cadavre, Alves roues raies – balai balai balai – trop grand est ton cadavre [crois-tu cela?]. Par derrière les poissons attrapent les souris. C'est un étrange évènement. Évènement étrange c'est à dire. Donc évènement étrange. Évènement tranchant c'est à dire. Tranchante veine, c'est à dire vainement. Très très vainement. Des poissons balbutient ohé oho, chemins de fer volent queue en spirale par devant par l'air, d'abord par derrière, chemins de fer s'élancent, se ratatinent. – N'as-tu jamais vu une locomotive se ratatinant? Jamais se ratatinant dans l'air [As de l'aviation!] – Il ne nous reste que ceci: „Plongez, plongez aux éponges rongées."

Je vais vous expliquer: Dada c'est la grande racine de toutes les petites racines. Secret télésansfile miner ardeurs [Par derrière]. – Dada c'est la petite racinette, le petit fil de la grâce sublime [c'est en illuminé que j'écris ceci]. Dada c'est la grande vague sacrée qui va de Dada à Dada. A Dada Dada flotte en fleuve autour de Dada. Autour de Dada dadate dadadater Dada [soit dit pour tous qui ne savent pas encore]. – A Dada Dada Dada Dada Dada Dada Dada Dada Dada Dada. A Dadadadadadadadadadadadadadadadadadadadada dadadadadadadadadadadadadadadadadadadadadadada.

VOTRE TRES HUMBLE

Eve Mafleur (mais au fond la chose est beaucoup plus compliquée)

D'abord il faut apprendre la dadadégie chez M. Hausmann, afin de savoir dadadéger Dada dadadada. Ensuite faites attention [mais n'en parlons pas ici]. Je dois vous dire que le clocher monte rapidement. En haut poisson aiguillonne dans l'air de fouet. Etincellement air aiguillonne poisson de fouet. Mince l'aiguillon poissonne. Air fouetté dans l'air [ça peut donner les nœuds décomposés]. Joie aiguillonne mincement au fouet puant. Monsieur, je crois, tu es malade; mais c'est peu intéressant. Et le clocher plongé Merz brandille à gauche. Braise saigne, braises saignent sang. – Hé, tes jambes rouges!

Traduction de Roland Schacht

TO EVE BLOSSOM[1]

O, thou beloved of my twenty-seven senses, I love thine!
Thou thee thee thine, I thine, thou mine.—We?—
That belongs [by the way] not here.
Who art thou, uncounted woman?
Thou art—art thou?—
The people say thou werst.—
Let them say. They don't know how the churchtower stands.
Thou wearest thy hat on thy feet and walkest about on thy hands, on thy hands walkest thou.
Hallo! Thy red dress, shredded into white folds.
Red I love, Eve Blossom, red I love thine!
Thou thee thee thine, I thine, thou mine.—We?—
That belongs [by the way] in the cold fire.
Red Blossom, red Eve Blossom, what do the people say?
Prize-question: *1.*] Eve Blossom is nuts.
2.] Eve Blossom is red.
3.] What colour are the nuts?
Blue is the colour of thy yellow hair.
Red are the kernels of thy green nuts.
Thou simple maiden in everyday-dress, thou sweet green beast, I love thine!—
Thou thee thee thine, I thine, thou mine.—We?—
That belongs [by the way] in the fire-grate.
Eve Blossom! Eve, E-v-e, I drip thy name.
Thy name drips like soft candle-wax.
Doest thou know, Eve, doest thou already know it?

1] Die von Ernst Schwitters in Zusammenarbeit mit Philip und Ursula Granville revidierte englische Übersetzung beruht auf einer früheren Originalübertragung von Kurt Schwitters. Sie wurde nach der von Ernst Schwitters besprochenen Grammophonplatte «Anna Blume» und «Sonate in Urlauten» [London, September 1958], aufgezeichnet.

One can also read thee from behind, and thou, thou most glorious of all,
Thou art from the back as from the front: 'E-v-e'.
Candle-wax drips caressing over my back.
Eve Blossom, thou drippy beast, I love thine!

ANNAVIRAGNAK

„Anna Blume" Kötetéből

Ó mind a 21 érzékem szeretöje te, szeretek néked! – Te tied téged néked, én neked, te nékem. – Mi? – Ez [körülbelül] nem idetartozik.
Számolatlan hagytalak: ki vagy te fehérnép? Te vagy – Vagy? – – Azt mondják, volnál, – haddhogy mondják ugyse tudják merre áll a templom tornya.
Lábon viseled a kalapot és a kezeden jársz – – jársz a kezeden.
Halló, fehér ráncokra fürészelték vörös ruhádat. Pirosan szeretem Annavirágot, pirosan szeretek néked! –
Te tied téged néged, én nekat, te nékem. – Mi? – Ez [körülbelül] a fagyott parázsra tartozik.
Piros virág, vörös Annavirág, hogyis mondják?
Pályázat: 1.] Annavirágnak madara van.
2.] Annavirág vörös.
3.] Milyen szinü a madár?
Kék a sárga hajad szine.
Vörös a zöld madár turbékolása.
Te köznupi ruhában egyszerü lány, te drága zöld állatka, szeretek néked! Te tied teged néked, énnéked, te nékem. – Mi?
Ez [körülbelül] a parázsládába tartozik.
Annavirág! Anna, a-n-n-a, nevedet csöppentem.
Csöpög a neved mint puha marhafaggyú.
Tudod-e Anna, tudod-e már?
Hátulról is alyasható vagy és te, te mindenkinél remekebb, hátulról olyan vagy mint elölröl: „a-n-n-a".
Marhafaggyú sávosan csöpög a hátamon.
Annavirág, te balga állat, szeretek néked!

Ford. Kahána Mózes

Willkommen, 260 tausend ccm.
Ich deiner,
Du meiner,
Wir mir.
Und Sonne Unendlichkeit leuchten die Sterne.
Leiden leidet Tau.
O wehe du mir!
Amtliches:
5000 Mark Belohnung!
Eine Kiste ist schräg, besonders deine Kiste.
Es gibt kein Eigentum mehr, nur der Kommunismus kennt noch Eigentum.
Ich welke das Rohr, denn es gibt kein Rohr mehr.
Ich blättre die Uhr, denn es gibt keine Uhr mehr.
1, 2, 3, 4, 5, 6, sieben.
Sonntag grünt Wärme.
Der Elefant.
Der dicke Elefant.
Falls mehrere Personen auf die Belohnung Anspruch erheben sollten, behalten wir uns die Verteilung unter Ausschluß des Rechtsweges vor.
Der Magistrat der königl. Haupt- und Residenzstadt.

I. V. Weber

Eine Stunde ist schwarz, viel Leben lieben streben, denn die Katze tanzt Mücken wogen Strick schwarze Tinte Silber schweben Regenwurm. Soda, Soda, mehr Soda in die Leiche! Bedenkt doch, 5000 Mark Belohnung! Bildende Künstler sind natürlich ausgeschlossen. Zunächst lerne man die primitivsten Regeln der Kunst. Schulen gibt es nicht mehr, denn es gibt nur noch Fabriken. Kunst wird in Kunstfabri-

ken fabriziert. Jeder Künstler bekommt eine Zelle, am besten gleich mit Zwangsjacke [zum Schutze des Publikums]. Maschinen stampfen kreisen Räder Hirn. Damit fängt es an. Ich will, ich will! Greift Riesen wölben überlaut: Ich muß? Nein, niemand muß müssen. Der Künstler will, er will etwas, Technik, Moral, Idee, Kathedrale, kurz: Programm. 5000 Mark Belohnung für eine schräge Kiste! Gut, fabrizieren wir eine Regenwurmpalette dreieckig Segantini. [De mortuis nil, nisi bene.] Rohr blitzen Schleier Schilf. Welch ein Programm! Ich herbe Rohr, der Schmerz schlägt Tore.
Weil deine Schenkel sprühen.
Der Schlüssel.
Der Schlüssel ist verloren. [I. V. Weber.]
5000 Mark Belohnung gegen den Urheber des Herrn Stadtdirektors, ich welke windes Blatt.
1, 2, 1, 2, 1, 2, 1.
Hier starb der Besitzer der Adlerapotheke. Von seinem plötzlichen Tode ereilt, wurde gestern Senator Wilhelm Kyland. Zur Linderung der Kohlennot hatte der hiesige Arbeiter- und Soldatenrat durch unvorsichtige Spielerei mit städtischen Knochen zwei Finger der rechten Hand verloren; der Notar wurde aufgerissen. Das kann kein guter Deutscher wollen. Wir müssen unser Vaterland vor dem Schlimmsten bewahren! Das ist jedermannes Pflicht. Auf, meldet euch freiwillig! Schützt mit uns die Nationalversammlung! Zeigt, daß es noch treue deutsche Männer gibt!
Es gibt keine Waffen mehr, das ist der Expressionismus.
Brüder im Reiche!
Millionen von Menschen arbeiten täglich 24 Stunden, ich auch.
Es ist nicht gut, wenn ein Schriftsteller zuviel Verehrer hat. Nur den Sumpfpflanzen ist der Überfluß an Feuchtigkeit nicht schädlich. Es ist nicht gut, wenn ein Schriftsteller zuviel Verehrer hat. Wir winden Blumen um die Gänse wim-

mern Lumpen, Knochen, Eisen. Hasenfelle knöchern Beine. Windeln rasen.
O Häschen, du Häschen, kleines!
Möbelwagen schlingen Augen dämpfen Blumen.
Torf, Torf, Torf.
Möbelwagen grinsen Greise rädern Apfelkähne.
Schellfisch, Schellfisch, Scholle.
Möbelwagen leibern Hitzestippen wehen Glimm.
Scholle, Scholle, Knurrhahn.
Möbelwagen glänzen Hirne weinen Räder Trommeln.
Knurrhahn, Knurrhahn, Kabeljau.
Möbelwagen greisen Greise, leibern Leiber.
5000 Mark Belohnung, Leiche 43.
Ich schenke meine grüne Lende in sanfte Hände. Auf Fingerspitzen trägt man einen grünen Frosch in glimmes Bett. Kritiken, Kataloge türmen sanfte Betten weiche Glimm. Ein Karpfen träumt von grünen Lenden mir. Ich deiner, du meiner, wir mir. Und Sonne Unendlichkeit leuchten die Türme. Weich fallen Falten Betten Türme Karpfen grüner Frosch. Weich fallen Falten Karpfenbeine, meine Kleine. Johannes Brüder lispeln flink. Nicht schlagen! Grüner Frosch, dein Knie! Karpfen! Karpfen! Weiß schenken Türme Betten Karpfen Milch entgegen. Schlank stachelt Fisch, o du und du. Nicht schlagen, grüner Frosch! Ich bin der Karpfen, du bist Frosch und Fisch! Schlank stachelt Fisch den Karpfen grün Erwachen Schlaf. Wir schlafen Betten Türme Wellen Wellen Wellen, ein Meer, Woge volles Meer. Spritzt Funken Peitsche Rosenketten Türme. Nachtfalter fröschen grünen Karpfen Sonne schlank. Heiß stachelt Leder weiße Fische. Nicht schlagen, ich bin krank. Du spüre mir die Beine kochen glimm den Karpfen. Ich deiner, du meiner, wir mir. Du spüre mir die Beine halten stark den Schlag. Ich winde Rosenbluten und versenke, du schlage mir zu dir. Schlag zu, schlag zu, ich winde Schmerzen Tore

Strahl. Sumpfpflanzen fließen Übermaß Verehrer Lumpen Knochen sehr. O du, ich winde Rosenbluten schreien Schreie, bellen Schreie Turm. O du, ich woge Peitsche glimme Sonne Welt Unendlichkeit, du meiner, wir. O Karpfen, Karpfen Taumel schräge Kiste Turm. 5000 Mark Belohnung für den Urheber, ich welke Rohr.

Auf welche Weise der jungverheiratete Krieger in den Brunnen geraten ist, erscheint rätselhaft. Der Mann hatte 6 Vorzüge: 1.] Prima Hanfgarn. 2.] Tadelloses Sitzen. 3.] Prima Uhren. 4.] Kein Zeitverlust. 5.] Kein Pechkochen nötig. 6.] Sehr billig. Ihr aber: achtet auf Spartakus!

Arbeitswillige.
Sabotage streiken Handgranaten.
Streik wuchtet Mann.
Zähne bellen Zähne.
Übergriffe streiken Entlassung.
Bellen – bellen – bald.
Furcht gipfelt Silbersaiten.
Tropfen Stein zu Stein.
Die leitenden Stellen!
Die leitenden Stellen!
Handgranaten fahren von selbst. Seid doch endlich vernünftig! Straßenbahnen fahren von hinten und von vorne. Wer ist Straßenrundfahrer? Vorsicht – Vorsicht – Stellt euch alle auf! – Die Köpfe unter die Füße: das nenne ich streiken. Ein für allemal Trinkgelder verbogen – verbogen – Straßenbahner verbogen starren überall an. Eine Stunde ist krumm. Her mit dem jungen Hering! – Die leitenden Stellen aber müssen handeln [das ist der Verkehrte 21/31] und diesem unberechtigten Streik einer nie zufriedenen, so wenig leistenden Berufsklasse gegenüber fest bleiben [DT], besonders wo ihr jetziges Verhalten nicht ohne Einfluß auf noch kommende Streiks in Berlin und im Reich kurbelt Kopf Gelächter. Plünderungen rauben Krawalle. [Ich sage nämlich das Gegenteil, nur nicht immer.]
Die leitenden Stellen!
Die leitenden Stellen!
Die leitenden Stellen sehr.
Gipfelt Silbersaiten Stein zu Stein.
Tropfen Furcht Entlassung bald.
Sabotage streiken Übergriffe.
Tropfen Silbersaiten Furcht.

Vorläufig besteht keinerlei Aussicht für den Zusammentritt der Dinge, die Lage hat keinerlei Hauptausschuß. [Daß das schöne Platt nicht verlernt wird!] Unbedingt bindend streiken Flammen gegenüber Ammen. Viertausend, vierzigtausend billig, das kann noch lange dauern. – Die Juden – die Juden!

DRAHTZIRKUS

Apfelkähne stechen Augen. [Augen zu!] menschen Kochen. [keiner sticht.] Schwül wogen Wogen menschen Wogen, [dumme Frage!]. Zündhölzer hier! Zündhölzer hier! Akrobaten strammen Arena. blöde glotzt An. [Was glotzt Ihr?] ich schwüle [Phantasiepreise] Krokodil wetzt Menagerie. Drahtverhau augen Soldaten. Menschen stachel Drahtgewälzt. Wogen drahtzuunten. [Besteigung des hochgeladenen Drahtseils.] kriechen kriechen schleimen lärm. [Charles, der beste Schlangenmensch als Krokodil.] mensch rinnst Eisbeine fletschen Turmseil Arenafeuerwerk.
Ihr seid alle Parterreakrobaten!
wogen Zwitschern kolossallawinensturz. – Bumbummsoldaten rädern Zähne. [Zahnräder.] Zahnräder geilen. [Kinder zahlen die Hälfte.] Wogen Staunen schweige Stimmen. Die Menschen gehen ja zweibeinig! Menschen menschen. Ich mensche auch. [Eigenes Konzertorchester in der Arena.] Menschen gesperrt.
gesperrt!
Wühle deine Beine vorwärts! Vorwärts, ich schieße, du Hund!

SCHREIZEN

Der Fisch dill schreizen Finger Blut.
Erzberger bergen Berge.
Turmhoch zu unten kriechen deine Schnecken.
Laut Finsternis zerteilen Teil.
Ringe aus Blei.
Ringe aus Draht.
Schnee.
Schnee.
Dill fischen deiner Finger Karpfenblut entgegen.
Still fischen Dill den Schreiz.
[Es wird gebeten, Hunde an der Leine zu führen.]

HERBST

Es ist Herbst. Die Schwäne essen das Brot ihrer Herren mit Tränen zusammengebacken. Einige matte Expressionisten schreien nach Wein, denn es ist noch Wein genug da, aber es gibt keinen Expressionismus mehr.
Es lebe der Kaiser, denn es gibt keinen Kaiser mehr. Uhren uhren die Stunden fünfundzwanzigtausendmal.
Ich gleite.
Gleite Schlingen.
Kreischt eine Maschine.
Katzen hängen an der Wand.
Ein Jude geigt das Tier zum Fenster hinaus.
Heraus.
Es ist Herbst und die Schwäne herbsten auch.

DIE GEHEIMLADE

ein Novelet

„Dazu wirst du unsere Erlaubnis nie bekommen." „Papa, ich bin 25 Jahre!" [Riesenidiot.] „du willst damit sagen: aussichtslos?" [Wirklich Else, du tust mir leid!] Der Magistrat hält sich nach wie vor bereit, in dieser Angelegenheit seine elektrische Klingel zu leihen. „Und was gedenkst du zu tun?" „Ja Papa, das will ich dir sagen." „Dann habe ich nichts weiter mit dir zu sprechen." Die Stimme des Gewissens: „Hoch der vergoldete Leichtsinn!" [Leichtathletik] Leona wandte sich und verließ den Zimmer. Der alte Schreibtisch stand auf. [Krumme Beine.] Hühnerpuder die Luft von Tag zu Tag die Beine. Der ganze Strand ist Familienbad. Die meisten Familien, die hier weilen, [semplice, sonore.] haben zwar das Standesamt noch nicht passiert. Aber es geht auch so, jeder Schuß eine Mark, denn der Flügelschlag einer freien Seele schlägt sich seitwärts in die Büsche, als wollte sie zerplatzen vor Traurigkeit und Lebensüberdruß. Was ist Unterdruß? Moritz Tiefenpunkt stirbt.

„Papa, das ist dein letztes Wort?" „Mein letztes Wort, Leona!" Der alte Schreibtisch aber seufzte eisig, aus taktischen Gründen.

Manche gehen mit Hemdchen und Höschen ins Wasser und lassen die liebe Sonne für Abtrocknung sorgen. [Fachausdruck] Hochabgerichtet standen sich die beiden gegenunter, in Gestalt und Aussehen einander ähnlich, [Rührung.] und dergleichen mehr. Viktor trennte nachsichtig den halben Bogen ab und schrieb quer Spalten Seite: „Ich hab' dich doch so lieb!"

Der Schreibtisch schwieg einen Augenblick. [hinten.] „Und was geschah dann?" fragte die kokette kleine Säulenuhr?

[sonst bricht dein Backsteinzopf!] dem Reinen ist alles rein, und wenn es auch dreckiges Wasser ist. Das Leben ist eine Erziehungsanstalt, Warenzeichen No. 97487. [Schulze macht sich seinen Standpunkt klar.]
Keiner darf quer auf die Straße gelegt werden, für dessen Unterkunft nicht in den Wagen spucken. [Mach, daß du fortkommst] 1.] fort. 2.] kommen. 3.] Vollbad? „Und das ist alles," sagte verächtlich die Uhr?
Wie hat sie gezittert, langelange Stunden breit. Wo Baden Brauch ist, gehört Nacktheit zur Sitte. Tote brauchen keine Köpfe mehr. [confer, Otto Nebel.]
Die Baroneß Leona wusch gerade auf den Knien das Schlafzimmer, stets meilenweit voneinander entfernt, mitfühlend, hilfsbereit, mit Rat und Tat dem Hilfesuchenden auf dem Kopfe liegend. Hastig suchte Leona in ihrem schmalen Geldbeutelchen; stets angeben, welche Sorte, und gab dem Jüngling ein Fünfpfennigstück. [Berlin hat seinen Wannsee, Rostock sein Warnemünde, Lübeck sein Travemünde, Hannover sein Steinhude.] Er steckte ihn in einen Umschlag. Wie glücklich konnte Leona sein! „Kleines Fräulein," sprach der alte Schreibtisch, „Ich habe viel erlebt, ich bin durch viele Füße gegangen. In meiner Geheimlade hat Mancher gelegen." [wer hat die brunnen aufgeschlossen, nun fließen die vögel aus den kühlen röhren] „Bedenke doch," mischte sich die Baronin ein, die beineringend auf dem Sofa gestanden und dem Streit zwischen Vater und Tochter zugesehen hatte, „eine Finsterviereckschneiderin, das erste Trauerspiel eines Schusters, das Testament eines Geizhalses, falsche Wechsel, der Abschiedsbrief eines Selbstmörders, seitens eines öligen Ochsen, gegenwärtig kanalisiert er in Journalen. Die Zeit fordert Verzicht, und zuviel getan macht zuletzt wenig. Andere haben die modernsten Badehosen, schick wie eine Filmgröße in der illustrierten Zeitung, bald voll, mit 5 Aufschlägen über einander, bald leer wie

Mückensammet. [„Würden ersetzen Kenntnisse.“] Dann? Dann kam wieder Sonnenschein ins Zimmer, und die kleine Frau zwitscherte wieder wie früher in den Augen ihres Mannes. Ja, wenn man jung ist, glaubt man nicht, daß es überhaupt Brennholz gibt.

Dann hat sie sich hingesetzt und geschrieben, erst einen bösen, unversöhnlichen Brief, aber der war orthographisch nicht richtig. O, diese verfluchten Fremdwörter, alle Beine stehen auf dem Kopf! Und wie in Berlin, Rostock und Lübeck, so sind auch in Hannover der Sonnabend und Sonntag, wenn heiß die Sehnsucht schielt, Badetage erster Ordnung. 136 ℳ. Gewohnheit, Pietät und Rücksichten auf andere wirken dabei mit, und das sind die Fesseln, die den Menschen, ohne daß er es merkt, schließlich zum Sklaven werden lassen. [Hintenrum, das kommt, zu teuer.] Sie hat ihn zerrissen und wieder geschrieben, voll von orthographischen Fehlern und Vorwürfen über die furchtbaren Kränkungen, die ihr geschehen. So schleppt man gar viele Dinge mit durchs Leben, et se purifie entièrement au depôt général en gros. – Verilà. – Voilà.

Das waren lustige Weihnachten! Lauter Bekannte. Aber dann kam eine Zeit, da waren die Augen der kleinen Frau sehr seltsam, wie Hühneraugen, und dann setzte sie sich unter den Stuhl am Fenster. [Einakter!] Die Knie zitterten und bebten ihr am Leibe. Der Betrieb der städtischen Badeanstalten ist der beste Beweis dafür. Ein guter und tapferer Mensch ist sie jedenfalls, sonst wäre sie nicht die Freundin des Herrn Baron.

Viele Briefe hat sie geschrieben und wieder zerrissen. Endlich wurde einer kalligraphisch richtig. Auch Eure Zukunft ist in Gefahr. Es wirft ein schlechtes Licht [Magnesia] auf Revon, daß seine städtischen Behörden stets eine beängstigende Wasserscheu an die Nacht legten, [siehe Feuerwehr.] und diese auch heute noch zeigen. Auch Eure Zukunft ist

gegenwärtig in Gefahr! Die Zahl der Leitenden ist groß. Der U. S. P. D. zuliebe wird man Euch auf die Straße setzen, quer. Ihn hat das Leid zum großen Künstler werden lassen, mich hätte es beinahe gebrochen. Auch Eure Zukunft ist gegenwärtig in der Vergangenheit! [K. A. P. D. = Kaiserliche ANNA BLUME Partei Deutschland.] In seiner Phantasie rollten schon auf den Geleisen die gefüllten Wagen. Bis endlich in einem Briefe alles gestanden hat, was sie wußte. Dann kam ein Tag, an dem zum erstenmal ein wirkliches Geheimnis in meiner Lade verborgen wurde; ein böses, böses Geheimnis. Was barg dieser Brief? Enthielt er die Entscheidung einer fremden Künstlerin, in der sie die Entscheidung über ihr ganzes ferneres Leben sah? [Franz Müller trinkt Schuhtran.] Krankheiten bringen den Körper herunter, besonders die Müllkrankheit. Der Jüngling brachte Briefe, welche einen starken Duft dufteten und voll von heißen, verlockenden Worten standen. [79^0 Reaumur.] Mit zitternden Fingern öffnete sie den Brief. Dann saß sie lange, die Füße im Schoß, wie im Traum. Dann breitete sie die Arme aus, und es kam wie ein Rausch über sie, eine atemlose schrankenlose Freude. [Schnaps ist Schnaps.] Und doch brachte er immer wieder solch einen duftenden Brief, und die Augen der kleinen Frau wurden trauriger von Tag zu Tag.
Krankheiten kommen überallhin, der Tod auch. Aber einmal kam sie mit roten Augen und frohen Wangen, wie glänzende Goldstücke, sagt Goethe. Wichtigtuend zog sie eine bunte Brieftasche vorher, ein entzückendes kleines Körbchen mit Rosen war hineingestickt, und zierliche Vergißmeinnicht und lustige Bänder. Auch das gibt sich.
Am nächsten Tag sah der Mann in die Lade. Darin lag ein kleiner Zettel, auf dem stand nur dies: „Franz Müllers Drahtfrühling."

Zur Gebrauchsanweisung:
Beine 2–5 drehen Bein 1. Der schwere Weltkrieg ist beendet. Es fehlen noch mehrere tausend Mark. Aber selbst, wenn der Feind die Auflösung der Beine verlangt hätte, hätte doch die Versorgung der Kämpfer für Ruhe und Ordnung durchgeführt werden müssen. Ihr wißt, daß ich Erich Findeisen geliebt habe.
Ich zitterte vor Angst, sie möchte die bösen Briefe finden, aber sie zwang die Lade auf und nahm erstaunt die Briefe heraus. Arme, kleine Frau! Wie hat sie die Fäuste geballt! Der Grund war also lediglich die Angst vor der Straße. Und zwar quer. Bis es plötzlich vom Grunde ihrer Seele emporquoll wie aufstoßender Himbeersaft, säuerlich, ein jauchzendes, jubelndes Aufstoßen, ein Glücksempfinden, wie sie es noch nie gekannt. Frauen sollten das bedenken. Der größte Feind vieler Frauen ist Unwissenheit. Die ganze Nacht mußte ich seufzen über diese Briefe. Tote markieren nur, und mein Seufzen ließ den Mann nicht schlafen. Der Weg dazu ist vorgezeichnet. Erde trinkt Wasser. Mann wimmert stärker.
Und die Strahlen dieser Freude noch in den Augen ging Leona hinüber zu den Eltern.

NENNEN SIE ES AUSSCHLACHTUNG

Anna Blume ist Bestimmung. Direkt vor und direkt nach dem Zubettegehen.
Anna Blume ist die Dame neben Dir.
Anna Blume ist das einzige Gefühl für Liebe, dessen Du überhaupt fähig bist.
Anna Blume bist Du.
Anna Blume ausschlachten heißt Dich schlachten.
Bist Du schon einmal geschlachtet worden?
Anna Blume schlachten heißt Dich ausschlachten.
Du läßt Dich gern ausschlachten?
Schlachte Anna Blume, die Stimmung vor dem Zubettgehen.
Schlachte Anna Blume, die Dame neben Dir.
Anna Blume schlachten, ist die einzige Ausschlachtung, deren Du überhaupt fähig bist.
Wenn Du nicht zufällig ein ganz unfähiger Mensch sein solltest.

EIN VIERTEL DER GEFÜHLE DES GREISES AUTOMATO AUF SEINER STAMMBURG ATHO

Eine Romanze

Atho.
Auto.
Automato.
Der Hund glotzt den Schluck um die Achse des Likörs.
Wer hat hier die Reibeisen aufgestachelt?
Daß sie wider mich glotzen!
Schratoschematismus äugt blinke Augen.
Das Kalb ist tot.
Am Hühnerpopo steht eine Leiter.
Straßenbahnen fahren darauf hin und her.
Drahtlos.
Poco sonore.
Automatisch.
Der Hund wärmt das innere Feld.
Wenn der wilde Wein blüht.
Mir juckt das linke Auge.
Das Kalb bleibt tot.
Radfahrer haben die ihnen vorgeschriebenen Wege innezuhalten.

DIE RADDADISTENMASCHINE

Die Raddadistenmaschine ist für dich bestimmt. Sie ist durch eigenartige Zusammenstellung von Rädern, Achsen und Walzen mit Kadavern, Salpetersäure und Merz so konstruiert, daß du mit vollem Verstand hineingehst und vollständig ohne Verstand herauskommst. Das hat große Vorteile für dich. Lege dein Bargeld in einer Raddadistenkur an, du wirst es nie bereuen, du kannst überhaupt nicht mehr bereuen nach der Kur. Ob du reich oder arm bist, ist gleichgültig, die Raddadistenmaschine befreit dich sogar von dem Geld an sich. Als Kapitalist gehst du in den Trichter, passierst mehrere Walzen und tauchst in Säure. Dann kommst du mit einigen Leichen in nähere Berührung. Essig tröpfelt Kubismus dada. Dann bekommst du den großen Raddada zu sehen. [Nicht den Präsidenten des Erdballs, wie viele annehmen.] Raddada strahlt von Witz und ist bespießt mit einigen 100000 Nadelspitzen. Nachdem du dann hin und hergeschleudert bist, liest man dir meine neuesten Gedichte vor, bis du ohnmächtig zusammenbrichst. Dann wirst du gewalkt und raddadiert, und plötzlich stehst du als neu frisierter Antispießer wieder draußen. Vor der Kur graut dir vor dem Nadelör, nach der Kur kann dir nicht mehr grauen. Du bist Raddadist und betest zu der Maschine voll Begeisterung. – Amen.

DER GEFANGENE

Hier darf nicht geschossen werden saure Sosse gipfelt in sich selbst. Das Veilchen hat ein Auge, mit dem es grüne Fische wimmern rundum sich eine Leiche von gelben Möven zusammengebacken. [Deutsche Tageszeitung.] Denn meine Frau hat eine sehr salzige Zunge hinten am Zopf wedelt Schwanz saure Sahne. Raoul Hausmann bröckelt leise Gluten sanften emporgetürmt zerballen wirbelt links [von rechts]. Blut kocht in Aderritzen vor Appollinaire um Zakken fußen Berge rechts und links. Rechts und links. Links und rechts. Eins zwei, eins zwei, eins zwei, eins zwei eins der Ton zerwühlen Balken im Auge. Dein Auge, Anna Blume, dein Auge bleibt Tränenleer. Du überwältigst zwitschern Apyl seidene Strümpfe können Dame begriffen werden, Gauguins aus die wolkenpumpe nicht. Hans arp schweifen Anna Blume grüne Tanne Pumpe links zwei links zwei links zwei links zwei eins. Links zwei eins. Links zwei eins. Zwei eins. Eins. Acht.

ZWÖLF

Eins Zwei Drei Vier Fünf
Fünf Vier Drei Zwei Eins
Zwei Drei Vier Fünf Sechs
Sechs Fünf Vier Drei Zwei
Sieben Sieben Sieben Sieben Sieben
Acht Eins
Neun Eins
Zehn Eins
Elf Eins
Zehn Neun Acht Sieben Sechs
Fünf Vier Drei Zwei Eins.

WAND

Fünf Vier Drei Zwei Eins
Wand
Wand
WAND
WAND WAND WAND
WAND WAND WAND
WAND WAND WAND WAND
wände
wände
Wände
WÄNDE WÄNDE WÄNDE
WÄNDE WÄNDE WÄNDE WÄNDE
WAND
WAND WAND WAND
WAND WAND WAND
wand wand wand
wand
wand
wand

wand

DREI

Drei drei drei
Zwei
Drei
Zwei
Drei
Zwei
Vier Vier Vier
Drei
Vier
Drei
Vier
Drei
Fünf fünf fünf
Drei
Sechs
Zwei
Vier
Drei
Neun Neun Neun
Acht
Sieben
Acht
Zehn
Acht
Sieben Sieben Sieben Sieben Sieben
Null
Sieben
Null
Null
Null

Null
Acht Sieben Eins Null
Null Eins
Eins Null

drei

TRAN 1
EIN SOLIDER ARTIKEL

Berlin soll nicht zur Ruhe kommen.
Ein Zwiegespräch, Herrn Dr. Cohn-Wiener gewidmet.

Doktor: Verzeihen Sie, was bedeutet das Wort Merz? [Ausmerzen warnt Iden.]
Ich: Das Wort ist neu, ich wählte es zur Bezeichnung meines neuen Stils. [Komm, spiel mit mir.]
Doktor: Woher nahmen Sie das Wort? Ich würde mir nie zutrauen, vier Buchstaben zusammenzusetzen.
Ich: Überwindet Merz Schwierigkeiten. Merz nannte sich selbst. [Automatischer Kohlensäuretrockenlöscher „Total".] Können Sie lesen? Hier auf dem Merzbild ...
Doktor: [Berliner Leichtathletikmeisterschaften.] Lesen? Manchmal, wenn das Wort einen soliden Sinn hat. Ich liebe das Wort „solide". [Berliner Ringkämpfe.] Das Wort Merz ist aber unsolide, es ist reiner Zufall. [Junges Mädchen, total automatisch.] [Ob er auch gesund ist?]
Ich: Das Wort entstand im streng organischen Schaffensprozeß der Kunst. [Nationales Kreisschwimmfest.]
Der solide Doktor: Warum schreiben Sie das Wort „Merz" nicht selbst? Ich schreibe doch meine soliden Artikel auch selbst. [Mir können Sie sogar noch schwierigere Aufgaben stellen.] [Ob er mich liebt?] und stehe doch nicht im organischen Zusammenhang mit der Kunst. [Weil einfach die Preise nicht festzustellen waren.]
Ich: Quer durch Neukölln. Gelb steht mir nicht.
Der Doktor: Ich sage einfach: So und so und so macht man Kunst, und wer das nicht so und so und so macht, drückt einfach nichts Empfundenes aus. [Die Ostmark ist in höchster Gefahr.] Sie verzeihen wohl meine vielen Fragen, ich sammle nämlich Brocken [Riesenidiot], weil ich sonst nicht

weiß, was ich schreiben soll. [Nieder mit dem pour-quoi, hoch warum.] Mir liegt eben eine solide Brockensammlung mehr, als eine Kritik. [Ein ausgeruhtes Köpfchen.] [Blaue Maus.] Und wenn ich diese Brocken dann feierlich rahme, und wenn ich diese Brocken dann feierlich rahme, [Ein unbegreiflich solider Klebstoff] dann brauche ich nur noch: „Auch eine Kunstausstellung“ darüber zu schreiben [Süßer und saurer Kitsch.] dann habe ich einen soliden Artikel für die neue Berliner. Sehen Sie, Stiefelschmiere kann ich nicht fabrizieren, [Du auch nicht] ich wüßte auch nicht, woher ich einen soliden Namen dafür nehmen sollte [Berliner Boxkämpfe.] Kritiken kann ich nicht schreiben, der Effekt wäre die Leistung eines unverhältnismäßig anständigen Oberlehrers mit untauglichen Mitteln. [Vollblut.] Darum schreibe ich solide Artikel. [Krebs zahlt gute Preise.] [Wir wollen Ernst machen.] Sehen Sie, eine Kritik ist ein Wagnis. Mir liegt aber eben eine Silberbleiregatta nicht. Ich wage solide Artikel [Fordern Sie Prospekte]. Ich zetere Mauerblümchen [Lesen Sie den Sturm]. Lesen Sie die Zeitschrift „Der Sturm“? [Regenwurm zetert.] [Das Heiligste ist bedroht.] [Das Heiligste ist bedroht.] Aber sonst Thema unbequem. [Das Heiligste ist bedroht.] Wissen Sie, über Titel lassen sich so feine Artikel schreiben, solide Artikel. [Artefacte.] Wo ist der Zusammenhang zwischen Ihren Bildern und meinen Artikeln? [Der Meisterboxer von Deutschland als Hundeschlächter.] Wo ist der Zusammenhang zwischen Ihren Bildern und meinen Artikeln?

Ich: Sehr. Lieber Herr, sehr. Du Deiner Dich Dir. Ich habe Sie so gern. [Werde mein!] Und muß Ihnen Kummer bereiten!

Der Doktor: Wo sind die Zusammenhänge? [Amorsäle.]

Ich: Sehr. Zusammenhänge sind schwer. Es tut mir so sehr. Ihretwegen sehr. [Herausforderungskampf Cohn-Wiener – Anna Blume. Anfang 8 Uhr.] Der Titel ist ein Schutzwall.

[Morgen kommt mein Schatz.] Solide Oberlehrer können nicht darüber hinwegsehen. [Boxmeisterschaft von Europa.] Ein Kritiker aber übersteigt den Wall und sieht, was dahinter ist. [Mauerblümchen.] [Ob er weiß, wie ich ihn liebe?] Vor dem Wall ist Wind, hinter dem Wall ist Sturm. [Neuzeitliche Siedlung.] Ich würde Ihnen darum raten, bleiben Sie, Du lieber Doktor, lieber Herr Doktor, Lieber lieber Vor vor dem Wall wall. [Anna Blume hat ein Vogel.] [Ob ich ihm so gefalle?]

NB. Übrigens wendet sich meine Anwienerung nicht gegen die Herren Oberlehrer. Hochachtungsvoll Kurt Schwitters.

LIESCHEN

Es gibt keine Zufälle. Eine Tür kann zufallen. Aber das ist kein Zufall, sondern ein bewußtes Erlebnis der Tür, die Tür die Tür, das Tür; Zufälle gibt es prinzipiell nicht. Weil deine Beine purpurn sind. Streben rollt Zopf, und das Band von blauer Seide stets angeben welche Sorte gürtet frage Augen aus Stahl. [Wiener Bäckerei.] Ein steiler See augen Beine schlank vergessen in den Schoß der Leidenschaft zereinen deine seidenen Strümpfe 2 und 2 entlang den weißen Spitzen taut das Strumpfband deiner schlanken Hände. Schlank ist das Gift. So oder so. Du mußt den Schmutz mit Füßen treten. Das Gift ist schlank. Die Füße deiner Hände deines Kopfes deiner Augen deiner Zähne deiner Fingerspitzen bin ich doch nachher der Dumme. So oder so. Der große dumme ist der Zufall deiner Beine. Der Zufall ist die Tür. Die Tür ist deine Wand. Die Wand ist deiner schönsten Stelle schönste Hülle Zier. Du mir, ich dir, Wir mir. O Lieschen, was hab ich dir denn getan? Die Tür fällt zu den Schoß der Leidenschaft ist schlankes Gift. [Bestes Kräftigungsmittel.] [Daheim des Vereins junger Mädchen.]

EIMER

Heute starb sanft nach langer geduldigem Leiden, plötzlich [Hundeknochen das Gehirn überwälzt 4-tausend] mein lieber Mann, unser guter Vater, Mutter, Großmutter, Urgroßmutter, Sohn und Tochter: Herr Lagerist Wilhelm, Maria, Christine Glotzauge. [Klammeraffe.] Sie war Ein treuer BEAMTEr und stetS bemüHt, seiNe geschäfte zu unSereR ZufrieDenheit zuführR en. [Das ist DIE ZwieEbel.] – Behauptungen, wie die, daß ich nur mit einem Hemde bekleidet in den Baum gestiegen sei und dort den Taifun gelesen habe, habe, sind unwahr.

HANNOVER

Die Hannoveraner sind die Bewohner einer Stadt, einer Großstadt. Hundekrankheiten bekommt der Hannoveraner nie. Hannovers Rathaus gehört den Hannoveranern, und das ist doch wohl eine berechtigte Förderung. Der Unterschied zwischen Hannover und Anna Blume ist der, daß man Anna von hinten und von vorn lesen kann, Hannover dagegen am besten nur von vorne. Liest man aber Hannover von hinten, so ergibt sich die Zusammenstellung dreier Worte: „re von nah". Das Wort „re" kann man verschieden übersetzen: „rückwärts" oder „zurück". Ich schlage die Übersetzung „rückwärts" vor. Dann ergibt sich also als Übersetzung des Wortes Hannover von hinten: „Rückwärts von nah". Und das stimmt insofern, als dann die Übersetzung des Wortes Hannover von vorn lauten würde: „Vorwärts nach weit". Das heißt also: Hannover strebt vorwärts, und zwar ins Unermeßliche. Anna Blume hingegen ist von hinten wie von vorne: A-N-N-A.
[Hunde bitte an die Leine zu führen.]

ZIEREVIERE

Der große Wein ist deiner zieren Lendeviere, Julius Beeck!
Die Ziereviere streben Knatterbalken Wein
Und Shakespeare Blätterrinde Ziere Viere
Und Balkenklötze klotzen Balken steigen Strebewein
Draht grinst das Pergamentpapier
Eins Acht
Und Ziereviere dreizehn
Du äugst das Moos der Knatterbeine in die stiereviere Balkenlende Bleidraht.

DIE BUCHFÜHRUNG
BEIM KLEINEN HANDWERKER

Ich gehe
Du gehst
Ich gehe
Du gehst
Ich gehe gehe
Du gehst gehst
Geht
Ich laufe
Du läufst
Ich schreie Gier
Du schreist Schrei
Ich stürze Sturz
Du stürzest mich
Schuttabladen verboten!

TRAN 19
BÄ SAGT DAS SCHAF
Herrn Paul Westheim gewidmet

Mein Zerfahren gegen Paul Westheim, zur Gewinnung aromatischer, alkoholfreier Säfte. [Die Axt im Haus zersetzt den Zimmermann.]
Sehr geehrter Herr Westheim! [Ein jeder blamiert sich, so gut er kann.]
Zunächst bin nicht ich zerfahren, sondern Sie. [keuchend gähnt der Frosch zur Mitte.] Ich fahre, Sie zerfahren und werden zerfahren. [Und wenn es ein Knabe wird, sorge bitte für ihn.] Ich weiß nämlich genau, welchen Weg ich fahren muß [Trinkwasser ist für Menschen nur in kochendem Zustande genießbar], Sie dagegen nicht. [Um das Leder für den Schuhkitt aufnahmefähig zu machen, ist die Klebestelle erst vom Schmutz zu reinigen.] Bitte überlegen Sie einmal [Bier macht faul, dumm und indolent], so gut Sie überlegen können [die letzten Wagen sind hinten], was eigentlich Zerfahrenheit heißt. [Seh ich dieses Rindvieh an, denk ich an meinen Christian.] Die Vorsilbe „zer" ist im Sinne von auseinander gebräuchlich [Über ein Kleines o Seele voll Gram schwindet dein Kummer und geht wie er kam.]: „zerkleinern, zerbröckeln, zerteilen, zernagen, zersetzen, zerfahren usw." [Das ist viel Leid!] Bitte überlegen Sie [für kranke Vögel verlange man nur das seit Jahren bewährte Spratts Hundekuchen!], so gut Sie überlegen können [der größte Griesgram lacht Tränen.], wer von uns beiden auseinandergefahren ist, Sie oder ich. [Nur trocknes Leder läßt sich kleben.] Nehme ich Sie als Objekt oder Subjekt des Verbs zerfahren [Krankheit des einen wirkt schädigend auf die Gesundheit des andern.], es stimmt beides [gar mancher ist krank, ohne es überhaupt zu wissen.]. Sie zer-

fahren die Kunst [10000 Mark zahlt die Direktion der Pantherweibschau demjenigen, der nachweist, daß Tohrah, das Pantherweib ein künstlerisches Fell am Körper trägt] und werden zerfahren von den Ereignissen, die Sie nicht beherrschen. [Kapitalisten gesucht zwecks Ausbeutung eines Patents.] Aber die Kunst läßt sich nicht zerfahren [Heilig ist das Kleid der heiligen Kümmernis] und bäumt sich auf gegen das Kunstblatt, wie ein Schwert. [Achtung: Hund beißt, klingeln!] Und nun bitte ich Sie höflich, aber dringend [Abdeckerei gleich Fortschaffung von Tierleichen], nicht mich dafür verantwortlich machen zu wollen, daß Sie [Wirtschaftsgenossenschaft, System Staubschutz] meine Kunst zerfahren wollen. [Hotel und Restaurant Zufriedenheit]. Sodann nennen Sie meine Kunst „Manier“ [Die in Berlin unter den Hunden ausgebrochene Tollwut bietet den Maulkorb- und Hundesportartikelfabrikanten auf längere Zeit recht gute geschäftliche Aussichten.] Unter Manier verstehe ich eine tote Formel, nach der man ohne inneren Zwang sich bei seiner Arbeit richtet. [Die Artikel Hosenträger, Leibriemen, Klopfpeitschen, Pulswärmer, sog. Stulpen, würde alles große Freude bereiten.] Nach dieser Definition behaupte ich [kein Trinkzwang, Rauchen gestattet.], daß die Art, nach der Sie das Kunstblatt zusammenstellen [Hier fachmännische Anpassung] Manier ist. [Der Torfmann handelt bekanntlich ebenfalls mit einer Ware, die ihn nicht wärmt.] Dagegen werde ich beweisen, daß [Torf, Torf, Hasenfelle!] ausgerechnet Merz [Anna Blume hat ein Kind von Heinrich Bender.] nicht Manier sein kann, weil es sich befreit hat von [Mir kann doch keen Mann verkohlen.] jeder Manier. [Kohle ist Brot!] Aber ich werde den Versuch gar nicht erst versuchen [rot orange gelb grün blau dunkelblau violett], meine Mühe wäre zwecklos [Woraus wird Leuchtgas gewonnen?], denn Sie verstehen ja meinen Beweis doch nicht. [Forsche, vergleichs, erwägs, finde die Wahrheit her-

aus. n. Haug.] Forschen Sie in meinen Tränen und andern Merzpublikationen, wenn Sie sich belehren wollen. [Dazwischen viele Lebensalter, viele Sieche, Lahme, Krüppel, Sprachlose, Geistesgestörte, sogar ein Blinder und ein Taubstummer.]
Darauf fragen Sie: „Was ist nun eigentlich die Kunst dieser Zeit?“ [Suche zwecks Kauf eines prima Geschäfts 50 Mille von Selbstgeber.] Die Frage charakterisiert Sie, Herr Westheim. [Veredelte Dauerwäsche.] Sie wissen nämlich selbst die Antwort nicht. [Die erste Tugend eines Kritikers sei Bescheidenheit] Ein Kritiker sollte Bescheid wissen [Damen-Trompeter-Korps], einen unbescheidenen Kritiker könnte man vielleicht zerfahren nennen. [res severa verum gaudium.] Den Beweis für Ihre Zerfahrenheit liefern Sie, Herr Westheim [Wir sind ja alle Schillers Erben.], indem Sie nach der einen umfassenden Formel [!] [Sagten Sie nicht Formel?] für all das Werden unserer Zeit fragen [Die ersten Wagen sind vorne.]: „Munch, Valori Plastici, Braß, Fiori und auch die Zerfahrenheit von Schwitters.“ [alle Tage ist nicht Sonntag,] Sogar Musikspieldosen baut dieser zerfahrene Schwitters jetzt in Bilder ein! [alle Tage fließt kein Wein] vielleicht merkt er es selbst, wie akademisch seine Manier allmählich zu werden beginnt. [aber du sollst alle Tage recht lieb zu mir sein!] N. B. „akademisch“; Sie meinen damit wohl: „reif für das Kunstblatt?“ [Ein Schaf ist bekanntlich ein dummes Tier.] Sie glauben doch nicht, Herr Westheim, daß ich an einem kunstfeindlichen Organ je mitarbeiten würde? [Es erwächst nun die eine Frage: ist die Summe von Schafen, also eine Schafherde, dümmer oder klüger als das einzelne Schaf?] Munch, Valori Plastici, Braß, Fiori und Zerfahrenheit Schwitters; die Auswahl ist beliebig, zufällig. [Damen ist das Rauchen nicht gestattet.] Diese Auswahl ist so zufällig, wie die Zusammenstellung eines beliebigen Kunstblattes. [Rosen haben Beine.] Zufällig

haben diese Herren gleichzeitig ausgestellt. [Gemeinde Spartakus.] Aber wie konnten Sie es ahnen, daß Ihre zufällige Auswahl nicht charakteristisch für das neue Werden unserer Zeit ist. [„Bä" sagt das Schaf.] Schuhkitt ist äußerst flüchtig und feuergefährlich. [Der Dich behütet schläft nicht!] Ich will Ihnen aber die eine umfassende Formel für alles Werden in der Kunst nennen. [Neu für Europa!] Herr Westheim, fallen Sie nicht in Ohnmacht! [Das Haus der Unschuld, ein Sensationsschauspiel in 5 Akten.] Fallen Sie nicht in Ohnmacht, Herr Westheim [die letzten Wagen sind vorn], wenn ich Ihnen die Formel kurz nenne [Fetthaltende Leder sind erst mit einer fettlösenden Flüssigkeit ganz sauber zu reinigen]: Die umfassende Formel für alles Werden in der Kunst ist [Sonderausstellung deutscher Schäferhunde verbunden mit Vorführung hervorragender Expressionisten.] ist nämlich nichts weiter als Ehrlichkeit. Glaube nicht allzuviel, nicht einem, nicht allen, nicht alles, warte nur, balde hat alles ein Ziel. [An Pflegetagen sind geleistet 166943.] Für die Erhaltung der Damentaschenmode muß Rücksicht auf diesen ausschlaggebenden Zweig unserer Ledererzeugung genommen werden, [kleben läßt sich jedes Leder, ob alt oder neu.] doch darf nur gut trockenes Material verwendet werden. [Harry, ick hab ne Karte, ick laß zweimal knipsen! Sieger haben immer recht.] Caesar equus consilium.
Ich bin der Doktor Eisenbarth, karier die Leut nach meiner Art.
Mit treudeutschem Gruß Ihr sehr zerfahrener Kurt Schwitters. [Persönlichkeit.]

MEMOIREN ANNA BLUMES IN BLEIE

1922

Dresden, im Sommer 1922 – 2 Uhr nachts: Die Straßen sind leer und still. Der Verkehr hat schon längst aufgehört. Die letzte Straßenbahn im Nachtdienst quietscht, auf ihrer letzten Spätrunde zum Depot, in der Stille verdrossen durch die halbdunklen Strassen. Es ist nur ein einzelner Triebwagen, und selbst der ohne Fahrgäste. Der Schaffner ist müde. Er lehnt sich an die Rückwand des hinteren Perrons und notiert die Nummern von den Fahrscheinblöcken in sein Kontrollbuch, aber in Gedanken liegt er schon längst im Bett.

An der Haltestelle beim Zwinger steigen plötzlich sechs „belebte“ Fahrgäste ein. „Auch das noch!“ seufzt der Schaffner im stillen. Die Fahrgäste sind keine anderen als Kurt Schwitters, Theo und Nell van Doesburg, Raoul Hausmann, Hannah Hoech und Midia Pines, die bekannte Dostojewskij-Rezitatorin. Aber das weiß der Schaffner nicht.

Midia Pines wohnt in Dresden, alle anderen sind Zugereiste. Sie haben in Dresden haltgemacht, auf ihrem „Dada-Feldzug“ durch Sachsen und Böhmen nach Prag. Nach vier Jahren Studium an der Akademie in Dresden ist Kurt Schwitters hier noch fast „zu Hause“, und darum mußte natürlich in Dresden haltgemacht werden. Soeben kommen sie von einer geglückten Dada-Soirée, die sich bis tief in die Nacht gezogen hat, und sind noch recht „aufgeräumt“. Aber das weiß der Schaffner auch nicht. Er hält seine Fahrgäste für „leicht beschwipst“.

„Fahrkarten, bitte!“ – „Bitte.“ – „Bitte.“ – „Sagen Sie mal, Herr Schaffner, was bedeutet denn eigentlich ‚Anna Blume‘?“ Das war Theo van Doesburg. – „‚Anna Blume‘? Das weiß ich nicht.“ – „Aber es steht doch hier.“ – „Wo?“ – „Na, hier!“ – „Sehe ich nicht.“ – „Hier! Sehen Sie doch!“ Und tatsächlich, da, mitten auf der Fensterscheibe, klebt ein kleines, weißes Zettelchen, etwa 1½ × 5 cm groß, mit „Anna Blume“ darauf, in großen, roten Druckbuchstaben! – „Ja, das weiß ich nicht“, wiederholt der Schaffner dumm, „wie kommt denn das dahin?“ – „Ja, hier steht es doch auch!“ sagt da Raoul Hausmann und zeigt dem Schaffner

Memoiren Anna Blumes in Bleie

Von Kurt Schwitters

Schnitter-Bücher

ein zweites, genau gleiches Zettelchen auf der Tür zur vorderen Plattform. – „Und hier auch!" sagt Midia Pines und zeigt auf die Hintertür. Der Schaffner staunt: „Das habe ich noch gar nicht gesehen!" – „Hier auf den Bänken steht es auch überall", meint Kurt Schwitters. – „Und hier sogar an der Decke!" brechen Nell van Doesburg und Hannah Hoech beinahe gleichzeitig aus. Nun ist der Schaffner entsetzt. – „Also, Sie wissen wirklich nicht, was ‚Anna Blume' ist!?" fragt Theo van Doesburg wieder, tiefes Mißtrauen in der Stimme. – „Nein, nein! Das sage ich ja!" – „Ja, dann müssen wir hier aussteigen", sagt da Kurt Schwitters ernsthaft.

Langsam quietscht die Straßenbahn weiter dem Depot entgegen. Es wird schon heller. Der Schaffner ist jetzt völlig wach. Überall – überall steht „Anna Blume", in großen, roten Druckbuchstaben! „Na, so was!" Mißtrauisch sieht er den seltsamen Fahrgästen nach, die allmählich in der Ferne verschwinden.

„Gut, daß wir hier aussteigen mußten, wir hatten fast keine Klebezettel mehr", sagt Raoul Hausmann noch, und Theo van Doesburg meint, es müßten noch viel, viel mehr gedruckt werden, „denn es gibt immer noch Leute, die die ‚Anna Blume' einfach nicht kennen!" – „Aber nicht viele", beruhigt Kurt Schwitters, und im Herbst des gleichen Jahres kommt schon die dritte Version der „Anna Blume" heraus – die „Memoiren Anna Blumes in Bleie". [Verlag Walter Heinrich, Freiburg 1922].

Es ist übrigens zweifelhaft, ob obige typische Schwitters-Anekdote damit irgend etwas zu tun hatte.

EINLEITUNG

WAS IST BLEIE?

Zunächst ist das e lang zu sprechen. Ich erinnere an das Wort Esel. Was aber Bleie ist, kann der Autor zunächst nicht verraten. Vielleicht weiß mir der Leser selbst Anregungen zur Erklärung des Wortes Bleie zu geben. Wichtig für mich ist die Feststellung, daß das e lang ist. Jeder Oberlehrer kann jetzt das Wort richtig betonen:

Bleie
Bleie
Bleie

Man sage es dreihundert mal dreimal.
Aber diese Feststellung ist unwichtig. Wichtig ist nur die prinzipielle Frage: „Kann überhaupt ein mit normalem menschlichem, logischem Verstande begabter Mensch Kunst genießen, ohne den logischen Verstand auszuschalten, wie man einen Stiefel auszieht." Er kann es nicht. Sagt der Dichter: „2 × 2 = 5", dann sagt besagter Verstand: „ Das ist doch Unsinn!" Sagt der Dichter: „2 × 2 = 4", dann sagt besagter Verstand: „Das ist weniger als Unsinn, das ist akademisch." Zieht besagter Verstand nun seinen Stiefel aus, wie man den Verstand ausschaltet, so fühlt besagter Stiefelknecht im ersten Falle 5 als Mißklang, im zweiten 4 als Wohlklang. Und dann merkt der Leser, der in diesem Falle Stiefelknecht ist, den Rhythmus, der durch Abwechslung von Klang und Zwieklang entsteht. Er steht visavis der Kunst, und der Stiefel neben ihm.
Nun möchten gleich alle Stiefelknechte ihre Stiefel ausziehen, selbst auf die Gefahr hin, daß man die Löcher in ihren Strümpfen sieht. Aber das geht nicht so einfach. Ich sage

nun: „Bleie! Kommet her zu mir alle, die Ihr mit Stiefeln beladen seid, ich werde Euch entstiefeln.“ Ich bin der gestiefelte Kater und will alle Müllersöhne zu Schwiegersöhnen der Kunst machen. Stiefel aus, meine Herren! Stiefel aus, meine Damen! Im Paradiese der Kunst geht man barfuß. Damit mich nun auch die Oberlehrer verstehen, werde ich mich korrekt ausdrücken. Ich will eine für Jedermann verständliche, leicht verdauliche praktische Anleitung geben, eine Etude, in der der normale Verstand ganz langsam umgebogen wird. Ich beginne mit dem, was jeder Oberlehrer versteht, der Grammatik. Dann folgt zunächst die Poesie, als die jedem verständlichste Leibesübung, dann folgt die Prosa, wie das so im Leben kommt, dann der Humor, der das Leben so angenehm verkürzt, dann folgt die Erdbeere, die vom Leben hinüberblüht in den Wahnsinn, und zum Schluß der reine Geist in Form einer Analyse. Ich nenne sowas Blei-Analyse. Hier erlebt der Leser ein erschütterndes Grubenunglück. Das Klosett stürzt ein, und der Leser stürzt in die Grube. So ist aber das Leben. Man meint auf einer blumigen Wiese zu sein und sitzt auf dem Klosett.
Die Betonung von Bleie ist jetzt Allgemeingut aller Gebildeten. Das Klosett ist Allgemeingut aller Kulturvölker. Jetzt wäre nur noch der Ursprung des Wortes Memoiren bekanntzumachen. Ich habe es von Christof Spengemann geerbt, der bekanntlich „die Wahrheit über Anna Blume“ geschrieben hat. Woher der aber das Wort genommen hat, weiß ich leider nicht.
Oegenbostel, Ostern 1922.

Kurt Schwitters.

[Korrektur z. Zt. der Schlacht bei Jena und Weimar im Hause Dexel. 25.9.22.]

MERZ
a r p

D O F
D O F
D O F
DOF
O

Was heißt DOF? Antwort: „Wie verbessere ich meine Lage?"

THEMA:

„Sum fei esse, kriegst einen in die Fresse."

duo	dua	duo
duarum	duorum	duarum
duobus	duabus	duobus
duas	duos	du As.

Das ist die Quintessenz aller Grammatik: „du Aas." Aas, Lauseaas, für feinere Herrschaften aber: Lauseengel.
„Lauseengel" ist das Parfüm des Kavaliers. Also:

FRESSE
+ LAGE
―――――
= AAS

So geht die Grammatik in die Arithmetik über.

Meck fröcht Keiner.

Ich weiß von keiner Liebe nich,
Eins zwei drei, ja Liebe nich,
Ich weiß von keinen Zwein.
Der Teufel soll mir ho-olen,
Eins zwei drei, ja ho-olen,
Wenn ich einen Andern lieb.
Und wenn in Herz und Hirne
Der Sorgen Glut,
Dann legt sichs auf die Stirne
Wie ein Hut.
Von tränenfeuchten Wangen
Ein Strahl des Trostes lacht,
Als hätten sie empfangen.
Hat bad sich heimgemacht.
Er schalfft sich wirkend seine,
Eins zwei drei, ja seine,
Der Spötter Witz kann nichts,
Fließen auf Erden auch keine,
Aber ein Kleines hat alles.
Und häuft sich noch so trübe
Ums Herz gebrannt,
Ich weiß von keiner Lübe,
Wie Zuckerkand,
Eins zwei drei, ja Hand.

HUMOR

„Sieh nur, wie schön die Löwin mit ihrem Männchen!" – „Ja, der bleibt aber auch immer."
Da kehrt einer der Boten auf schäumendem Pferde. „Warum greifen die Hunde nicht?" tobt der General und wendet sich nun gemeinsam mit dem Adjutanten. „Sie konnten nicht, Exzellenz!" schreit der Offizier. „Warum konnten die Schufte?" – „Schnupfen hin, Schnupfen – aber das Niesen! Es sind ihm doch schon zusammengebrochen!"
„Ach – Pardon, Gnädigste; dann habe ich Ihnen unrecht getan!"

T
H
E
M
A
!

Das Thema heißt einfach „Bleie". Überschrift:

DIE ERDBEERE

Personen: Der Rote,
Der Grüne,
Der Braune.

Der Braune begann: „Der Ofen hat eine Tür zum Aufschütten der Kohlen, eine Tür zum Stochen der Glut, eine Tür zum Herausnehmen der Asche, ein Rohr zum Hinausleiten des Dampfes in den Schornstein und einen Bauch, der die Wärme aus den Kohlen begierig aufsaugt, um sie ins Zimmer auszustrahlen." Der Rote und der Grüne lauschten. Plötzlich sprach der Rote: „Und wenn der Ofen die Wärme nicht ausstrahlt?" – „Er strahlt sie aus!" sagte der Grüne. – „Und wenn er es doch nicht tut", sagte der Rote. – „Er muß es tun!" – „Warum muß er es tun?" fragte der Rote. – „Weil er so gebaut ist", antwortete der Grüne. – „Weil er wie gebaut ist?" fragte hingegen der Rote wieder. – Da räusperte sich der Braune, spuckte dem Roten ins Gesicht und begann: „Der Ofen hat eine Tür zum Auffüllen der Kohlen und eine Tür zum Stochen der Glut und eine Tür zum Entfernen der Asche und ..." Der Rote wischte sich den Schweiß. „Hinter der Tür zum Stochen der Glut sitzt die Roste. Die Roste besteht aus Gußeisen." Der Rote stöhnte leise. „Hinter der Roste glüht die Glut." Der Rote stöhnte leise. „Glut ist heiß, und heiß ist Glut, und Glut schmilzt Eisen, aber die Roste schmilzt nicht, sie ist Rost." Der Rote stöhnte leise. „Hinter der Tür zum Entfernen der Asche sitzt der Aschenkasten. Der Aschenkasten besteht aus Blech, die Roste hingegen aus Gußeisen. Der Aschenkasten hat einen Knopf zum Anfassen, man kann ihn herausholen und in ein beliebiges Knopfloch stecken." Der Rote begann zu wimmern. „Übrigens dient der Aschenkasten zum Aufnehmen der Asche. Asche ist Brennmaterial, vermindert um Bleie." Der Rote wimmerte leise. „Man kann die Asche ausschütten. Zu diesem Zwecke hat man einen Ascheneimer." „Deshalb wärmt der Ofen", sagte der Grüne. „Ich verstehe nicht, wieso", wimmerte der Rote. „Und wenn der Ofen aus Samt wäre", sagte der Braune, „dann würde er sich selbst verbrennen. Aber er ist nicht aus Samt und verbrennt sich nicht selbst." Der Rote wimmerte stärker und faltete seine Hände. „Aber der Ascheneimer ist ein Blecheimer mit Blechdeckel", sagte der Braune, „und man kann den Deckel aufmachen und schließen. Man schließt den Deckel, wenn man die Asche hineingetan hat." – „Deshalb wärmt der Ofen", sagte der Grüne. – „Ich verstehe nicht recht, wieso?" fragte der Rote. „Und wenn der Ascheneimer aus Sammet wäre", sagte der Braune, „dann wäre er ein Sack." – „Und man entleerte ihn in den Wechselsack", sagte der Grüne. Der Rote wimmerte stärker und stöhnte wie ein Sack. Dann faltete er sein Hände. „Und über der Glut", sagte der Braune, „hat der Ofen ein Rohr, ein

Rohr aus Blech, nicht aus Rohr, um den Dampf in den Schornstein abzuleiten.“ Der Rote fragte, warum man den Dampf nicht in das Zimmer abzuleiten pflegte. Da sagte der Grüne: „Weil das Zimmer zu klein ist.“ – „Man sollte größere Zimmer bauen“, bemerkte der Rote. Da fuhr der Braune fort: „Und rund um das Rohr aus Blech, nicht aus Rohr, sitzt der Bauch des Ofens, der die Wärme aufnimmt und begierig ins Zimmer weiterleitet.“ Der Rote war erstaunt, weshalb der Bauch die Wärme ins Zimmer weiterleitete und nicht etwa in den Schornstein und fragte: „Wenn er sie nun aber nicht ins Zimmer weiterleitete?“ „Er muß sie ins Zimmer weiterleiten“, beruhigte der Grüne. „Aber warum muß er sie in das Zimmer weiterleiten?“ fragte der Rote. – „Weil er nicht anders kann“, sagte der Grüne. – „Aber ich begreife immer noch nicht, weshalb er sie nicht nach innen weiterleitet?“ – „Weil er doch kein Spiegel ist.“ – „Ja, wieso denn? Warum ist er denn kein Spiegel?“ – „Weil er der Bauch eines Ofens ist.“ – „Aber warum kann denn der Bauch eines Ofens kein Spiegel sein?“ – „Weil er auch kein Sack ist.“ – „Ist denn ein Sack kein Spiegel?“ – „Nein, Säcke sind selten Spiegel.“ – „Warum ist denn ein Sack selten kein Spiegel?“ – „Weil er nicht aus Samt ist.“
Hier unterbrach der Braune die Reden der beiden. Eine Fliege durchquerte das Zimmer. Der Braune deutete mit dem Ofen nach der Fliege und sagte: „Hier zieht es.“ – „Warum zieht es denn?“ fragte der Rote. – „Weil die Fliege gähnt“, antwortete der Braune. Der Rote wechselte einen Blick mit dem Grünen. Da begann der Rote auf den Ofen zurückzukommen: „Warum heißt das denn ein Ofen, wenn es nicht aus Samt ist?“ fragte er. – „Weil es nicht gähnt“, antwortete der Grüne. – „Wieso?“ – Da unterbrach sie der Braune und sprach: „Der Ofen hat eine Tür zum Auffüllen der Kohlen und eine Tür zum Stochen der Glut und eine Tür zum Herausnehmen der Asche und ein Rohr aus Blech

zum Hinausleiten des Dampfes in den Schornstein und einen Bauch zum Erhitzen des Zimmers." – Der Rote wimmerte stärker. Hier entstand eine etwas schwüle Pause.
Um die Pause anzudeuten, beginne ich zu zählen: 1, 2, 3, 4, 5, 7, 6, 9, 8, 10, 11, 12, 15, 14, 13, 12, 13, 12, 7, 9, 6, 8, 3, 2, 1, 0, 0, 0, 0, 0, 0. Der Ofen begann zu rauchen. Da fragte der Rote: „Warum raucht der Ofen?" und die Pause begann zu wimmern, und es breitete sich eine Luft aus. „Weil es zieht", sagte der Grüne. Da machte der Braune sein Maul so groß auf, daß der entstehende Zug den Qualm in den Ofen zurückblies. „Nun zieht es", sagte die Fliege. Da begann der Braune zu rauchen. „Warum rauchst Du?" fragte der Rote den Braunen. „Weil er ein Ofen ist", sagte der Grüne. – „Hast Du denn 3 Türen?" fragte der Rote. – „Er hat eine Tür zum Auffüllen des Wassers", sagte der Grüne, „eine Tür zum Stochen der Glut und eine Tür zum Entfernen der Asche, ein Rohr zum Hinausleiten des Dampfes, und einen Bauch zum Erwärmen der Luft." Der Rote hielt seine Hand auf den Bauch des Braunen, da begann derselbe zu glühen. Ein Wasserfall entströmte seiner dritten Tür, und der Ofen begann zu verlöschen. „Warum erwärmst Du meine Hand?" fragte der Rote. – „Weil er ein Ofen ist." – „Warum ist er ein Ofen?" – „Weil er Deine Hand erwärmt." – Hier wußte der Rote nichts mehr zu fragen.
„Warum fragst Du nicht mehr?" fragte der Grüne. – „Weil ich nichts mehr zu fragen weiß", sagte der Rote. – „Dann bist Du weise", sagte der Braune.
Hier hätte der Rote weise bleiben können, aber da fiel ihm eine Frage ein: „Warum bin ich denn dann weise?" – „Weil Du kein Ofen bist", sprach der Grüne. – „Und warum bin ich denn kein Ofen?" – „Weil Du nicht weise bist." – „Warum ist denn ein Ofen weise?" – „Der Ofen ist nicht weise." – „Warum ist denn der Ofen nicht weise?" – „Wer sagt Dir denn, daß der Ofen nicht weise wäre?" – „Warum

fragst Du mich, wer mir sagte?“ – „Weil Du kein Ofen bist.“ –
Der Braune tauchte jetzt seinen Finger in seine Nase. Der Finger ward rot wie Blut. Er begann wieder zu rauchen. – „Warum raucht er wieder?“ fragte der Rote. „Weil er lügt.“ – „Lügt denn der Ofen auch?“ – „Der Ofen wärmt.“ – „Ist Lügen und Wärmen dasselbe?“ – „Lügen ist dasselbe wie Wärmen.“ – Der Braune log jetzt dicke Wolken. Er gähnte. Und die Wolken flogen in den Ofen.
Nun begann der Rote: „Der Ofen hat einen Knopf zum Anfassen. Hier streut man Pudermehl hinein. Am Nabel nimmt man den Kuchen heraus. Unten ist eine Tür, aus der man den Gries entfernen kann. In der Mitte hat der Ofen aber ein Haus, ein vierstöckiges Haus, ein Fahrstuhl darin. Mittels des Fahrstuhls wird der Dampf zu den Fenstern hinausgefahren. Und dicke Wolken rauchen aus den Fenstern, weil sie nicht hineinrauchen können. Weil der Dampf drinnen ist. Weil Ihr zu dumm seid. Muß schon wissen! Will schon machen. Weil Du nich kannst.“
Darüber wurde der Braune sehr erregt. Dann sagte er plötzlich: „Der Ofen hat eine Tür zum Auffüllen der Kohlen, eine Tür zum Stochen der Glut, eine Tür zum Entfernen der Asche, die dann auf Aschenwege gestreut wird, ein Rohr zum Hinausleiten des Dampfes durch den Schornstein in den Äther, und einen Bauch, der die Wärme hinausleitet ins Zimmer. Der Bauch ist der Zweck des Ofens.“
„Und wenn nun der Bauch des Ofens umfällt?“ fragte der Rote. Da wurde der Braune sehr zornig und tötete den Roten. Hierüber gerieten der Grüne und der Braune in ein Wortgefecht, wobei der Grüne unerwartet starb. Nun steckte der Braune die Leichname der beiden anderen in den Bauch des Ofens, wobei der Ofen umfiel und den Braunen erschlug.

Was kräuselst du dein Häärchen,
Eins zwei drei, ja Häärchen,
Wie ein Hut.

Hier hätte die Erdbeere ihr Ende haben können, aber sie hat es nicht, und wolle man aus diesem Grunde obige Firma nicht mit solchen Ausstellungen von Sparkochern vergleichen, welche in den Bierwirtschaften nur für einige Tage ihr Gastspiel geben und dann wieder von der Bildfläche verschwinden.

Nun saßen die drei Farbigen wieder zusammen am Tische, neben dem Ofen. Und sie dachten nicht daran, daß sie die Erdbeere waren, wie ein Hut, eins zwei drei, ja Hut. Sie hatten einander so lieb, und der Ofen wärmte sie, und der Braune begann: „Der Ofen hat eine Tür zum Auffüllen der Asche, eine Tür zum Stochen des Eises, eine Tür zum Herausnehmen der Kohlen. Mittels eines vierkantigen Hauses wird das Eis in den Schornstein geleitet und fällt in Form von Hagel auf dein Häärchen. Der Bauch des Ofens hat aber einen Nabel, nicht zu verwechseln mit Abel."

Da sagte der Grüne: „Der Bauch des Ofens hat einen Nabel, nicht zu verwechseln mit Nebel."

—

Daher beim Lilienknicken linke Hand am linken Griff!

[P R A.]

Und soll es sein und muß es sein,
Eins zwei drei, ja muß es sein,
Und hilft kein Weinen und Flennen
Greif in die Nesseln fest hinein,
So werden sie dich brennen,
Eins zwei drei, ja brennen.

Nicht immer ist es ein Glück, berühmt zu werden, je früher, desto billiger: denn wie die nicht ausgetrunkene Mutterbrust, eins zwei drei, ja Mutterbrust, erkrankt dem schöpferischen Menschen die nicht abfließende Seele. Wie ein Hut. Das betreffende Kakaopulver ist von seltener Reinheit und so vollkommener technischer Beschaffenheit, wie Bleie.

Mit deutschem Gruß:
Am anderen Ende öffnen!

Plättbolzen im Feuer
Macht heiß.
Das Plätten ist teuer,
Macht Spaß.

DAS HINTERTEIL.

Immerhin verlohnt es sich, vielleicht noch hier in die Tiefe zu schürfen. Das Hinterteil.

Hier öffnen!

Ein Student, Freiherr von Z., konnte erst 20 Minuten später, schwer verwundet im Kampf mit polnischen Banden, von den Deutschen geborgen werden. Zu jeder Bettstelle und Matratze gehört ein Bett, und zu jedem Bett ein Hinterteil, eins zwei drei, ja Hinterteil. Befreit von der Heranziehung sind Heeresunfähige. Kein Lager erforderlich. Keine nennenswerten Auslagen. Kein Hut. Verkauf nach unserer

Musterkollektion. Hinterteil nach vorne. Jede Büchse trägt diese Fabrikmarke. Die Beschwerden haben keine aufschiebende Wirkung. Nesseln flennen. Über Beschwerden entscheidet die aufschiebende Kraft. Über das Hinterteil entscheidet das Vorderteil. Über das Vorderteil entscheidet die Beschwerde, respektive der Plättbolzen im Feuer. Hier verlohnt es sich, vielleicht immerhin in die Breite zu schürfen. Immerhin ist teuer. 4, 5, 6 ja teuer. Probenummern können geliefert werden. Chaque spectateur est un intrigant, s'il cherche à expliquer. Es folgt ein Gedicht:

Die Zie:

Diese Meck ist
Lieb und friedlich,
Und sie wird sich,
Eins zwei drei, ja wird sich,
4, 5, 6, ja wird sich,
7, 8, 9, ja wird sich,
Mit den Hörnern.

ACHTUNG! Patentscheuklappen sind die leichtesten der Welt. Trotzdem gibt es eine Schuld. Das Plätten ist heiß. Darüber entscheidet der Bolzen. Und sie wird sich nicht erboßen, mit dem Bolzen Euch zu stoßen. Wie ein Hut. Jede Form ist aus einem Stück hergestellt. Während dieser Zeit hatten die Polen dem Unglücklichen die Nase, die Ohren und Finger abgeschnitten und die Augen ausgebohrt. C'est la guerre. Weitere Auskunft wird bereitwilligst erteilt in den Räumen der Gasanstalt. Amusement des ventres.
Man nimmt einen weichen Lappen über den Finger und fährt damit sanft über der Oberfläche der Krem herum. Das ist der Frieden. Hat sich etwas angehängt, so trage man dieses Wenige in dünnster Schichte auf. Das Wichtigste sind blankgeputzte Stiefel. Es kommt nicht auf ein paar mehr

oder weniger ausgebohrte Augen an. Der andauernde Blechmangel läßt es fraglich erscheinen, ob Patentscheuklappen die besten sind.

Um auf die Poesie zurückzukommen: Wie die nicht abfließende Mutterbrust, erkrankt dem nicht abfließenden schöpferischen Menschen die nicht abfließende Seele. Die Molken müssen der Schweinemast in größeren Mengen zugeführt werden, dadurch wird diese sehr gehoben.

Nackt fällt mein Hirn in Bleie. –

Bei diesem Grubenunglück wurden 52 brave Bergleute getötet.

Kurt Schwitters.

elementar

DIE BLUME ANNA

DIE NEUE ANNA BLUME

GEDICHTE

1918–1922

„Anna Blume" war eine Institution geworden, ein „Kult". Sie war in aller Munde, bewußt oder unbewußt, gewollt oder nicht, in überzeugt positivem Sinne oder in sehr negativem. „Du trägst den Hut auf deinen Füßen und wanderst auf die Hände, auf den Händen wanderst du."

Inzwischen hatte die enge Freundschaft zwischen Theo van Doesburg und Kurt Schwitters schon zu mehreren Besuchen in Holland geführt, wo nicht nur „Dada-Feldzüge" durchgeführt wurden, sondern wo auch eine fruchtbare Verbindung mit den niederländischen Konstruktivisten der „De Stijl"-Gruppe entstand, und langsam, langsam fingen die dadaistischen Aspekte von MERZ vor den neuen, konstruktivistischen zu weichen an. Das gilt sowohl von den MERZ-Bildern wie auch von der MERZ-Dichtung, denn Kurt Schwitters' Ziel war ja das MERZ-Gesamtkunstwerk, und die Entwicklung auf den verschiedenen Gebieten seines künstlerischen Schaffens verläuft deutlich parallel.

Zur Jahreswende 1922/23 erschien noch einmal eine neue Version der „Anna Blume" – „Die Blume Anna" – jetzt im Verlag Der Sturm, Berlin. Sie ist die letzte größere Publikation mit dadaistischem Charakter. Schon das nächste Buch – die „Auguste Bolte" – die bereits 1923 und auch im Verlag Der Sturm erschien, ist „konstruktiver", aber Schwitters, der nie wirklich Dadaist war, wurde auch nie wirklich Konstruktivist, sondern war und blieb MERZ.

Kurt Merz Schwitters
Die Blume Anna

Verlag Der Sturm
Berlin W 9

Motto:
Der Weg zur Vollkommenheit und zu jedem Fortschritt ist fortwährende Selbstkritik, nicht zu verwechseln mit Kunstkritik.

EINLEITUNG

TRAN NR. 26

AN ALLE KRITIKER

Die erste Tugend eines jeden Kritikers sei Bescheidenheit. Bescheiden, wie der Künstler vor seinem Werke, stehe der Kritiker vor seiner Kritik. Bescheiden warte er und lasse er das Kunstwerk auf sich wirken; bescheiden horche er auf die Stimme Gottes im Kunstwerk. Bescheiden horche er ferner auf die Stimme Gottes, der durch den Künstler aus dem Kunstwerk spricht. Die erste Tugend eines jeden Kritikers sei Bescheidenheit.
Bescheiden, wie die Jungfrau zum Altare, trete der Kritiker vor das Werk hin. Nicht auf das Werk trete er, sondern nur bescheiden vor das Werk. Denn hier ist er nicht Herr, hier ist er bloß Kritiker, ein bescheidener Kritiker, ein Kritiker, der sich bescheiden muß, ein Kritiker, der Bescheid wissen muß. Er, der Künstler, durch den die Gottheit aus dessen Werke spricht, soll sein Herr sein, soll Herr des bescheidenen Kritikers sein. Und bescheiden trete der Kritiker vor das Werk hin, vor das Kunstwerk, denn hier steht er vis-à-vis der Ewigkeit. Fromm falte der Herr Kritiker seine Tintenfinger zum Gebete. Denn hier sei er Seele, nicht Herr, Seele, nicht Kritiker, Seele, bloß Kritiker, Seele, die auf die Weissagung des Propheten lauscht, etwa wie ein Ohr. Damit man ihn nicht am Ohre fasse. Bescheiden sehe sein Auge, lausche sein Ohr, taste seine Hand. Die erste Tugend eines jeden Kritikers sei Bescheidenheit.

Kurt Schwitters

Einbeck, 5. 7. 22.

SIMILE

Ein feines silbergesprenkeltes,
In der Hand von 5 bis 6 todesmutigen Menschen,
Ein Schifflein,
Und damit die rote,
Und dann,
Wenn niemand mehr kann,
Die Blume Anna aus vollem Halse gesungen.
Fließen auf Erden der Tränen auch viel,
Über ein Kleines hat alles.

CIGARREN
[elementar]

Cigarren
Ci
garr
ren
Ce
i
ge
a
err
err
e
en
Ce
CeI
CeIGe
CeIGeA
CeIGeAErr
CeIGeAErrEr
CeIGeAErrErr
CeIGeAErrErr
ErrEEn
EEn
En
Ce
i
ge
a
err
err
e

en
Ci
garr
ren
Cigarren
[Der letzte Vers wird gesungen.]

TALGLICHT

Die Heizbarkeit der Soldaten ist williges Pergament.
Klebholzklatterig.
Sine ove um est.
Da hastewas unterm Hintern sitzen.
Klagen die Ziegen,
Ragen die Fliegen,
Magen in Kalk,
Verpackt in Pergamentpapier.
Das ist die Lust der Soldaten.
Das ist der Wucher nach Petroleum.
Blinkes.
Blinkes Petroleum.
Das ist der Sieg.
Durch Moos und Sack.
Durch Mist und Asche.
Hühneraugen unterm Popo
Sind kalte Füße.
Unsere Feinde frieren auch.
Eine Kerze zieht die Elektrische.
Wie ein Gaul.
Seit der Geburt des Dalimynthos.
Oben zwei,
Unten zwei,
Und in der Mitte sogar drei.

2 HERREN

Auf der Straße begegneten einander zwei Herren, die sich nicht kannten. Zufällig streifte der eine den anderen mit dem Ärmel. Da sagte der andere leise aber vernehmlich: „Esel“. „Idiot“, antwortete der eine. Da sagte der andere wieder: „Sie Lümmel, Lulatsch, Lumich, Schwein, Sie Schwein, Sie gemeines Schwein, Sie Hanswurst, Sie Trottel, Sie blödes Aas, Sie Rindskaffer, Sie Lau-Se-Aas!“ „Was“, antwortete der eine, „und Sie wollen jetzt etwa immer noch ein gegebebebildeter Mensch sein? In meinen Augen sind Sie ein Idiot, Sie Idiot, ein Luffen, Sie Luffen, ein Schwein, Sie Schwein, ein Hund, Sie Hund, ein Affe, Sie Affe.“ – Plötzlich sagte der andere: „Sie Riesenidiot, Ziffi, Ludewig, Klamottenede, Kastanienfritze, Armloch, Sie Armloch!“ – „Was“, antwortete der eine, „Sie sind ein Flohjäger, Sie Flohjäger, Hundeknochen, Hundeblut, saudummes Luder, blöder Hengst, Schnapsnase, Sie Schnapsnase, Buttjer, Sie gemeine Schnapsnase!“ Plötzlich sagte der andere wieder: „Dämliches Rindsvieh!“ – Darauf antwortete der eine: „Kröppel, Insurgent, Sie Insurgent, Sie, Sie!“ Plötzlich sagte der andere wieder: „Knirps, Insekt, Schurke, wie sich dieser Laubfrosch bläht!“ – Darauf antwortete der eine: „Armselige Wanze, Beutelschneider, Du!“ – „Was?“ sagte der andere plötzlich, „Du, Du, Du? bin ich Dein Hausknecht? Hört ihn doch, den Kalbskopf, ich platze vor Lachen!“ – Darauf antwortete der eine: „Elender Prahlhans!“ – Plötzlich sagte der andere: „Feiger Schurke!“ Da sagte der eine: „Pardon, ich habe ganz vergessen, Sie meiner Braut vorzustellen.“ – Plötzlich sagte der andere: „Dabei fällt mir ein, ich habe meinen Namen noch gar nicht genannt. Ich heiße Meier.“ – Darauf sagte der eine: „Ebenfalls Meier, Vorsitzender des Vereins zur Veredlung der Hunderassen." Plötzlich sagte der andere Meier: „Wollen Sie nicht in unseren Klub zur Verbesserung der Kultur eintreten? Sie sind unser Mann, Sie sind ein edler Mensch." – Darauf antwortete der eine Meier: „Ich schätze mich außerordentlich glücklich, einen Menschen, wie Sie, kennen gelernt zu haben. Ich und mein Hund treten gern Ihrem Klub bei." Darauf begaben sich beide Herren mit Hund und Braut ins Klublokal zur Verbesserung der Kultur.

[*Walter gewidmet*]

DAS VERSONNENE LAND

Qual endet nie den baren Menschen.
Quer über.
Zwingt Größe Frühling halb unendlich Lust.
Die Qualen wehen von Süden wie falbe Lippen Trost.
Hauchen Band.
Frost biert Tiefe.
Glut lächelt Herz.
Woge ich Mensch.

DIE WENDE

Aus der uns eigenen Torfsiederei mit beschränkter Abscissenwirkung nach beiden Seiten geht für den Fachmann einwandfrei ein doppelzüngiges Rätsel hervor. Jedoch wird vielleicht die breite Masse mit einem gewissen Schein von Recht behaupten, daß das, was für den Fachmann stimmt, darum für die breite Masse noch längst nicht richtig zu sein braucht. Die Masse kann nämlich zu breit werden, und sowie eine gewisse Breite in der Masse überschritten ist, dann stimmt das tatsächlich nicht mehr. Wie die Dinge nun aber einmal liegen, setzt es sich jedenfalls zur Wende auf einen weichselfarbigen Feigenbaum und schreit Halleluja. Die bekannte Qualle ist dann meistens dottergelb, meistens, nicht immer, und aus ihrem emanenten Trichter resultieren 2 Gefäße von weltumspannender Größe, etwa wie Kolofonium. Des Abends lächelt es wie Wachs und trinkt Tinte. Morgens ist es grau wie Pech unter den Füßen eines jeden Kamels. Dann zählt es zweimal bis 3, die Hühnerleiter auf und ab, von hundert bis zweitausend, hin und her, auf und ab, ab und wieder auf, bis es Abend wird, und die Schafe blökend heimziehen. Und das Hornvieh drängt sich brüllend, die gewohnten Ställe füllend [siehe Kunstkritik]. Und die Wolken ziehen in westlicher Richtung, kommen von Westen, haben Westen an, und es regnet im Vestibül. Der Pulswärmer ist dort oben, schwebt unter den Wolken in der Weste, unmittelbar am Kap Horn, wo die Sonne 3 km unter dem Aequator steht und lacht. Das weiß ich aus eigener Erfahrung. Und die greise Frau schaukelt dabei wie ein Milchtopf. Sie ist bereits 21 und hat schon die neunte. Ermattet sinkt das Vogelei im Nest zusammen. Brombeeren wachsen unter seinen Zweigen der weit schattenden Vögel. Im Museum werden sie systematisch entwöhnt. Man hat syste-

matische Vogelsammlungen. Schon Tacitus erwähnt, daß Vögel Eier legen. Es gibt süß schmeckende Eier aus Schlaum und Virginiamilch. Das sind die besten. Mein Freund hans arp weiß das sehr wohl. Denn diese haben je 33 [in Worten: drei und dreißig] Euter. Die Euter läuten zu jeder Jahreszeit, besonders zu Weihnachten und Ostern, je eine rote Rose zu Ehren hans arps des größten Dichters. hans arp ist der größte Eiereuterdichter, der die brunnen aufgeschlossen hat, daß die vögel aus ihren kühlen röhren fließen. Während der Demonstration gelegentlich der Maifeier gähnt es unter dem Eise. Die Vögel sitzen dann traurig unter der Straße, die Kanäle [nicht zu verwechseln mit canneluren oder cannibalen] sind schlaumig geworden. Das Werden wird, und silberfädige Fische schwimmen in der Luft, etwa wie Silicium, nicht zu verwechseln mit Sicilien. Große rote Fahnen verhungern unter den grauhistorischen Fallitsammlungen der Neokapitalisten. Es gibt 6 Sammlungen. 6 ist die einzige Zahl, die man ohne Bedenken auf den Kopf stellen kann, 69 ist dahingegen blanker Betrug. Das kann man schon am Zopf der Dienstmädchen ablesen, wenn sie eine adrette blaue Streifenschürze züchtig vorgebunden haben. Denn zweimal wedelt der Zopf hinten ums Nest hinten am Kopf wedelt Schwanz saure Sahne melken schlingen Kerzen dorn, von vorn. 1, 2, 3, 4, 5, 4, 3, 2, 1. 1, 2, 1. 3, 2, 1. 1. *Acht.*
Und der Mond wütet unter. – Warte, gleich! –

DU

Meine Singe ist leer.
Schreien gähnt,
Schreien weitet,
Brüllt gähnen weitet;
Ich herbe Du.
Ich herbe Deinen Hauch,
Ich singe Deine Augen,
Dein Schreiten sehnt meine Augen,
Dein Plaudern sehnt mein Ohr.
Ich lechze Duft die Stunden.
Du bist mein Sehnen
Du bist Dein Schreiten, Deine Augen, Dein Gebet.
Dein Lachen betet,
Dein Plaudern betet,
Dein Auge betet.
Mein Sehnen fernt Dein Beten Schrei.
Ich
Ferne Du

Friedrich gähnte. Friedrich spuckte. Friedrich würgte. Friedrich brach. Verzeihung! Friedrich brach auf den Teppich. Friedrichs Frau lag im Bette, denn sie war krank. Es begann zu tagen, und Friedrichs Frau schwieg. Friedrichs Frau sah, wie Friedrich gähnte. Friedrichs Frau sah, wie Friedrich spuckte. Friedrichs Frau sah, wie Friedrich würgte. Friedrichs Frau sah, wie Friedrich brach. Friedrichs Frau sah, wie Friedrich taumelte. Friedrichs Frau sah, wie Friedrich fiel. Friedrichs Frau sah, wie Friedrich sich im Erbrochenen wälzte. Friedrichs Frau schwieg. Sie wurde übel. Friedrich kotzte weiter.
Leben ist Gier. Leben ist wilde Lust. Die Katze ist gut zum Nüsseknacken. Weib sein heißt schweigen. Weib sein heißt lügen.
Rosa hieß Friedrichs Verhältnis. Rosa war ein treues Mädchen. Rosa war Friedrichs Nacht unter dem Leben. Rosa war Friedrichs Grab unter dem Tage. Rosa war der Duft der lila Lippen. Rosa trug blaßgelbe Wäsche.
Friedrich kotzte weiter. Friedrichs Frau wurde sehr übel. Friedrichs Frau erbrach sich. Friedrichs Frau stürzte sich aus dem Fenster. Friedrichs Frau zerschlug sich auf dem Asphalt und starb.
Kann ein kleiner Sturz so töten?
Friedrich kotzte weiter.
Als die Polizei Friedrichen die Nachricht von dem plötzlichen Tode seiner Frau brachte, wälzte er sich im Gekotzten. Rosa stand neben ihm. Rosa trug blaßgelbe Wäsche.

DORF

Im Chausseegraben reift mir eine süße Brombeere entgegen.
Milch ist das Lächeln des Schafes, fromm und gut.
Mitten im Dorfe steht eine bunte Kuh.
Mitten in der Mitte steht ein Mann.
Der Briefkasten hängt am Hause.
Draht ist die Seele der Elektrizität.
Das Weib kreischt: „ua i au."
„Bä" sagt das Schaf.
Das Mädchen hat eine Schürze vor.
Auch der blanke Fuß gehört dem Mädchen.
Am Bienenzaun steht *Blume Anna*.

SEHNSUCHT

Und
Ohne
Haben
Singen
Regenwurm
          Schreiten
Lyrik
Tradition
Der Bettler
          Von
Hohl
Grün
Von wegen
Vom Wege
Das Gras.

Ich pfeife auf die Ideale,
Ich fraß den Apfel mit der Schale.

—

Im übrigen wissen wir, daß wir den Begriff „Kunst“ erst los werden müssen, um zur „Kunst“ zu gelangen.

DER DICH BEHÜTET SCHLÄFT NICHT

Und wenn man denkt, das Ende wäre zweigespalten, dann hüpft der Karpfen vor Lust in den Apfelbaum. Da schaukelt ein Trichter und wippt seine Beinchen. Der Tod hat rote Beinchen, das Leben grüne. Ich habe keine Beine, ich habe keine. Wenn ich entlasse, so sage ich: „Dir". Dann lechzt der feuchte Fuchs mit seinen lechzen Augen Gold in mein schräges Wachs, denn es ist immer Mai, wenn Äpfel reifen, und die ersten Schneeflocken zischen und kochen. Blumen fallen wie Reif über das Reifen, und die Kinder spielen mit Reifen. Ein kleiner Reifen befestigt reife Menschen aneinander, damit sie der Frucht entgegenreifen. Und die Liebe ist eine Zwiebel, etwa wie der Faden in der roten Rede, etwa wie der rote Faden in der Rede des Roten, fade aber rot, rot aber nicht fade, denn jede Zwiebel hat zweiundzwanzig Häute um ihren Leib gebunden. Reife Fäden sind rot. Ich grüne rote Fäden, deren Ende zweigespalten in einen roten Trichter wipfelt. Und wenn das den Bestimmungen der Fahrradreifen, die man sich etwa vorstellen kann, wie Vorhängeschlösser an den Wasserfällen, also wenn das diesen Bestimmungen widerspricht, dann nenne ich mich Ammoniak, um damit anzudeuten, daß doch alle Molken den Rätseln der Welt verschlossen bleiben müssen. Das ist das allermerkwürdigste dabei, aber gerade darauf kommt es doch letzten Endes immer wieder an.

REGISTER
[elementar]

Z
A R P
A B C
D E F
G H I
K L M
N O P Q
R S T V
A B C
T U V W
W V U T
Z
X Y Z
Z
Z
Z

EISUHREN

Sieden Uhren sieden hauchen Eis
Glut bröckelt Glut sieden Eis
Uhren kochen Uhren Eis sieden Glut
Uhren kochen Eis
Mimose, Apfelsine, Aphrodite, Tulpe Flora, Aphrodite.
Ich wandere am Leben einen toten Fisch.

GEDICHT 25
[elementar]

25
25, 25, 26
26, 26, 27
27, 27, 28
28, 28, 29
31, 33, 35, 37, 39
42, 44, 46, 48, 52
53
9, 9, 9
54
8, 8, 8
55
7, 7, 7
56
6, 6, 6
56
6, 6, 6
$^{3}/_{4}6$
57
5, 5, 5
$^{2}/_{3}5$
58
4, 4, 4
$^{1}/_{2}4$
59
4, 4, 4
$^{1}/_{2}4$
25
4, 4, 4
$^{1}/_{2}4$

4, 4, 4

$^{1}/_{2}4$

4, 4

4

4

4

DIE WIESE

Die Wiese wächst. Weh dem, der Wiesen in sich birgt. Wie kann die Wiese wachsen? Ich kann es nicht erkennen, wie sie wachsen kann. Der große arp kann auch nicht. Gras wächst Halme. Die Wiese hebt sich Halme dem Himmel entgegen. Der Wind weht Winde. Halm zittert Lust. Die Sonne durchleuchtet Gras. Der Himmel spiegelt mein Blau auf. Und Erdgeruch duftet über. Wer kann das Wachsen? Wer kann die Wiese kennen? Ich träume Wiese pra.

Z A
[elementar]

<pre>
  Z Y X
W V U
  T S R Q
P O N M
  L K I H
G F E
  D C B A
</pre>

DIE HAND

Ich bin die Hand
Die Hand ist der Mensch
Der Mensch ist die Hand
Die Erde ist die Welt
Wir Menschen sind groß
Nie überheben sich Menschen über
Ich bin die Hand
Nie überheben sich Hände über

PERSONENZUG

Es erwächst nun die eine Frage: „Ist es wahr, daß der Personenzug nach Berlin angebrannt ist?“ Es ist wahr. Wer hätte das gedacht? Nicht wahr, Fräulein? Na, egal, auf die paar Menschen kommt es auch nicht an. Fabriken türmen das große Welken. Türme welken den Herbst zwischen die Beine. Und wenn einer so viel geschunden hat, kehren welken innen zuzweit.

Das ist ein feierlicher Augenblick, der Ton liegt auf „selbstverständlich“. Augen blicken die Feier. [Gemüsehalle.] Eine feierliche Gemüsehalle. Gibt es das? Das geht doch nicht an! Das wären ja Publikum sowie die weisen Herren von der Kritik. Du Deiner Dir Dich. Man denke: eine feierliche Rind- und Schweineschlachterei! Mit Dampfbetrieb noch dazu? Dampf betreibt die Feier der Schweine? Sie sind wohl verrückt? – *Blume Anna?* – Nein, Damenfriseur. – Was redet der plansche Kater? Herrenfrisiersalon!

Der Dackel läuft dreibeinig. Der Mensch läuft zweibeinig. Wie läuft das Genie? Einbeinig, Kamel! Also, recht gute Besserung! Auf einem Bein kann man schlecht sehen. Der Spießer ist kein Spießer, igottbewahre. Der Leser ist kein Leser, igottbewahre. Der Künstler ist kein Künstler ibewahregott. Kunst ist nicht Kunst, ibebewahregott. Merz ist nicht Merz, oja, nee, nee. Aber sie können es doch nicht lassen, diese Ideotisten.

Der Personenzug nach Berlin ist immer noch angebrannt. Das ist der Hohn unserer Zeit, der Hahn des Jahrhunderts. Ohne Luxussteuer. Ohne Lustbarkeitssteuer. Für Armee und Marine, Reise, Sport, Jagd und Theater.

Die unübertreffliche Zahnpasta ist ein Knopf. Ein Druckknopf sogar. Patentdruckknopf. Knopf druckt Patent. Da nehme man einen gewissermaßen Hosenknopf. Am besten sogar einen weißen. Darauf nehme man Haare, am besten sechzehnjährige, und nicht zu kurz. Darauf nehme man etwas Spitze, weiß und schön sauber geplättet, und zwar Lochstickerei. Loch stickt rei. Man nehme auch etwas Farbe, rot und matt. Die Straßenbahnfahrkarte ist der beste Witz. Straßenbahn fährt Karte. Ein Witz zum Knipsen. Kneift Löcher in den Witz, und es wird ein weibliches Kleidungsstück.

Weiße, löcherige Witze ihr, liebe süße Haarpudelchen! Waschen Hühneraugen tausend Fenster in dein Haarnetz. Flammen Apfelkähne grün- blaut gelb Spitzen rosarote Spitzen weiß der Witz die Löcher Deiner blauen Seide.

Lieschen ist der schönste Name. Lieschen ist kein schöner Name. Lieschen funken Quader Eisenbahnen Bremse Gaslaternen U o A. [Feinkostwaren.]

Klammen Fliegen Welten Haus Personenzug. Flammen Holz. Holzen Fliegen Flammen Augen. [Augen zu!] Bluten Augen Fliegen Blumen Fliegenblut. [Hackebeil.] Gewiß, angenehm ist es, das Telefon zu haben, aber sind wir im Ganzen genommen glücklicher durch das Telefonieren geworden?

DER KUNSTKRITIKER

Er ist ein merkwürdiges Tier, der Kritiker, vorn Kamel und hinten Fenster.

BANALITÄTEN
aus dem Chinesischen

Fliegen haben kurze Beine.

—

Eile ist des Witzes Weile.

—

Rote Himbeeren sind rot.

—

Das Ende ist der Anfang jeden Endes.

—

Der Anfang ist das Ende jeden Anfangs.

—

Banalität ist jeden Bürgers Zier.

—

Das Bürgertum ist aller Bürger Anfang.

—

Bürger haben kurze Fliegen.

—

Würze ist des Witzes Kürze.

—

Jede Frau hat eine Schürze.

—

Jeder Anfang hat sein Ende.

—

Die Welt ist voll von klugen Leuten.

—

Kluge ist dumm.

—

Nicht alles was man Expressionismus nennt, ist Ausdruckskunst.

—

Kluge ist immer noch dumm.

—

Dumme ist klug.

—

Kluge bleibt dumm.

Eisuhren wandern am Leben. Auf dem Gipfel des Berges Simeon zwischen Berlin und Potsdam springt ein Wasserfall. Es ist ein großer und schöner Wasserfall, wie er sonst nur in den Alpen vorkommt. Seine Wasser spritzen zu Berg eine begeisterte Melodie. Tag und Nacht, Sommer und Winter, Jahrhundert und Jahrtausend, Stunde und Stunde singt er dasselbe begeisterte Lied. Die Lüfte über dem Berge Simeon sind ausgewaschen von dem Sturz des Wassers. Es regnet Schnee, und die Sonne scheint. Am Hange der Lüfte friert das Wasser zu Stein. Auf dem Gipfel taut der Gletscher, grün ist sein Blut. Die Lüfte sind sehr hoch, sie können nicht schmelzen, und täglich schmelzen sie, und ihr Wasser speist den Wasserfall. Nun frage ich: Hätte man nicht wenigstens ein Kraftwerk da oben bauen können? Dieser eine Wasserfall könnte ganz Berlin mit Elektrizität und Kartoffeln versorgen.

STUMM

Ein Wurm hängt am Angelhaken.
Ein Fisch beißt den Wurm.
Der Fisch beißt auch den Angelhaken.
Die Angel zieht den Fisch.
Nun hängt der Fisch an der Angel.
Die Angel zieht ihn in die Luft.
Der Fisch stirbt in der Luft.
Die Angel stirbt den Fisch.
Ein neuer Wurm hängt am Angelhaken.
Ein neuer Fisch beißt den neuen Wurm.
Und neues Leben blüht aus den Ruinen.

Mann: kotzt.
Frau: „Wisch das auf!"
Mann: „Ich bin übel."
Frau: „Wisch das weg!"
Mann: „Ich bin so übel."
Frau: „Schwein, wirds bald?"
Mann: „Ich muß brechen."
Frau: „Du beschmutzst mein Haus."
Mann: „Ich bin so übel."
Frau: „Und ich speie nach Dir."
Mann: „Und ich muß kotzen."
Frau: „Und ich spucke in Dein Maul."
Mann: „Halte mich!"
Frau: „Waschweib!"
Mann: „Du, Du tröstest mich."
Frau: „Ich werde Dich schlagen."
Mann: „O, Du bist gut."
Frau: „Schwein, Igel!"
Mann: „O, Du!"
Frau: „Schweig, Kamel!"
Mann: „Ich muß schon wieder kotzen."
Frau: „Schuft."
Mann: „Ich muß schon wieder kotzen."
Frau: [schlagend] „Wie das schnurrt."
Mann: „Aua."
Frau: „Wie das klatscht."
Mann: „Gute Frau!"
Frau: „Aas."

WECHSELLEHRE

Menschen leiden tausend null.
Vergebung senken gifte Schatten.
Vergebung senken Tiefen.
Vergebung sternt Himmel.
Leiden Tiefen tausend null.
Leiden tausend.
Über.

Bei der Erziehung ist das Beispiel die Hauptsache. Ohne dieses hilft alles Belehren und Zureden nichts.

Sattler- und Tapeziererzeitung

KRITIKER

TRAN 27

Kritiker sind eine besondere Art Menschen. Zum Kritiker muß man geboren sein. Mit ganz außergewöhnlichem Schaafsinn findet der geborene Kritiker das heraus, worauf es nicht ankommt. Er sieht nie den Fehler des zu kritisierenden Kunstwerks oder des Künstlers, sondern sein eigenes Fehlen, sichtbar gemacht durch das Kunstwerk. Der Kritiker erkennt durch angeborenen Schaaafsinn gewissermaßen seinen eigenen Fehler durch das Kunstwerk. Das ist die Tragik aller Kritiker, sie sehen Fehler, statt Kunst. Kunst sehen heißt für den Kritiker die Fehler am Kunstwerk rot anstreichen und eine Zensur darunter schreiben. Kritiker sind den mit Recht so beliebten Oberlehrern ähnlich. Allerdings braucht der Kritiker kein Examen zu machen, zum Kritiker ist man eben geboren. Der Kritiker ist ein Geschenk des Himmels an die Menschheit. Mit Oberlehrerin gesäugt nährt er sich von Kunstfehlern zum Segen der Schaaaafzucht. Sich sägen bringt Regen. Zwischendurch trinkt der Kritiker dann noch ein Gläschen rote Tinte. Jeder Kritiker hat einen Regenschirm, in den er gewissermaßen hineingeheiratet hat. Denn sich sägen bringt Regen zum Segen der Schaaaaafzucht. Das besagte Oberlehrerin aber ist ein dicker, syrupartiger Saft, hergestellt aus Absonderungen der Galle von wirklichen geheimen Oberlehrern und dem Magensaft verblödeter Schaaaaaafe. Besagte Schaaaaaaafe brauchen kein Examen gemacht zu haben, wie der Kritiker. Den Regenschirm benutzt der Kritiker, um ihn verkehrt aufzudrehen. Kritiker brauchen ihre Regenschirme in der Kunstausstellung nicht abzugeben. Der Regenschirm aber muß ein Examen machen. Nur löcherige Regenschirme werden zur Kunstkritik zugelassen. Je mehr Löcher, desto mehr Regen, je mehr Regen, desto mehr Sägen, je mehr Sägen, desto mehr Kritik. Um auf das Schaf zurückzukommen: Kritiker sind eine besondere Art Menschen. Zum Kritiker muß man geboren sein. Kritiker sind schafgeboren, schafgesäugt mit Oberlehrerin und schaftrunken vor dem Kunstwerk. Der Unterschied zwischen Künstler und Kritiker ist der: „Der Künstler schafft, während der Kritiker schaaft.“

Das Weib entzückt durch seine Beine.
Ich bin ein Mann, ich habe keine.

BEINGRENZEN

Grenzen
Grenzen
Grenzen
Ein Bein
Ein
Bein
Graben
Graben
Ein Bein

DOOF

Dom
Dom
Dom Dom Dom
Dof
Dof
Dof Dof Dof
Dau
Dau
Dau Dau Dau
Den
Den
Den Den Den
Die
Die
Die Die Die
Du
Du
Du Du Du
Dom
Dom
Dom Dom Dom

Ewig währt
am längsten

KÜMMERNISSPIELE

Ein dramatischer Entwurf

a. Mein Herr:
b. Bitte?
a. Sie sind verhaftet.
b. Nein.
a. Mein Herr, Sie sind verhaftet.
b. Nein.
a. Mein Herr, Sie sind verhaftet.
b. Nein.
a. Mein Herr, ich werde schießen.
b. Nein.
a. Mein Herr, ich werde schießen.
b. Nein.
a. Mein Herr, ich werde schießen.
b. Nein.
a. Ich hasse Sie.
b. Nein.
a. Ich werde Sie kreuzigen.
b. Nicht.
a. Ich werde Sie vergiften.
b. Nicht.
a. Ich werde Sie lustmorden.
b. Nicht.
a. Denken Sie an den Winter.
b. Niemals.
a. Ich hasse Sie.
b. Niemals.
a. Ich töte Sie.
b. Wie gesagt, niemals.
a. Ich werde schießen.
b. Das haben Sie schon einmal gesagt.

a. Also bitte kommen Sie.

b. Sie können mich nicht verhaften.

a. Warum nicht?

b. Sie können mich höchstenfalls festnehmen.

a. Dann werde ich Sie also festnehmen.

b. Dann bitte.

b läßt sich von a festnehmen und abführen. Die Bühne verdunkelt sich. Das Publikum fühlt sich fälschlich veräppelt und johlt und pfeift. Der Chor schreit:

„Dof." „Dichter rrraus!" „Son Blödsinn!"

ALPHABET VON HINTEN

z y x
w v u
ts r q
po n m
lk i h
g f e
dc b a

DAS i-GEDICHT

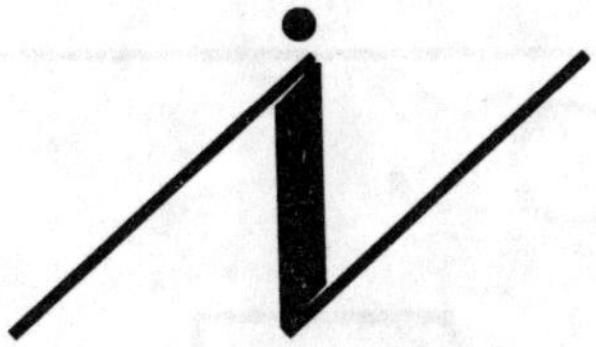

[lies: „rauf, runter, rauf, Pünktchen drauf."]

GESETZTES BILDGEDICHT

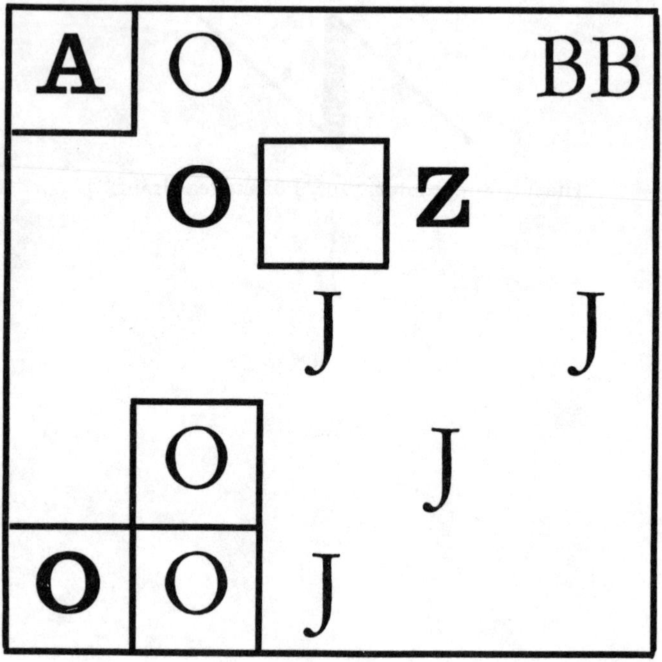

Über den Autor

Carola Giedion-Welcker schreibt in der *Anthologie der Abseitigen* (Zürich: Arche Verlag 1965) über *Kurt Schwitters:*
»Geboren in Hannover am 20. Juni 1887. Maler, Plastiker und Dichter. Nach akademischer Ausbildung in Hannover und Dresden kam er ohne weitere Überleitung vom Impressionismus zur abstrakten Gestaltung, und zwar ›direkt aus Naturbeobachtung durch Verallgemeinerung‹, gründete in Hannover 1919–20 *Merz,* eine deutsche Variante des DADAismus. 1923 erschien die erste Nummer der *Merz*-Zeitschrift, 1932 die letzte, Nummer 24. Als Mitarbeiter der *Sturm*-Zeitschrift stellte er in der Sturm-Galerie aus. Strebte nach vielseitiger künstlerischer Äußerung: Malte 1918 die ersten abstrakten Bilder. Von 1919–1924 erschienen in der Zeitschrift *Sturm* über 70 Gedichte, Prosa sowie aktuelle Artikel. Machte gleichzeitig Gedichte, Prosa, Klebebilder, Reliefs und Plastiken in jener Zeit. Angeregt durch Raoul Hausmann entstand die *Ursonate,* an die er immer wieder neue Teile anfügte und die als Schallplatte erschienen ist. Nach der gleichen Methode konstruierte er sein Atelier in Hannover, ein phantastischer, durch zwei Stockwerke gehender Innenbau, an dem er zehn Jahre lang arbeitete (1925–1935), um immer wieder neue plastische und architektonische Einfälle in die straffe Gesamtkomposition einzugliedern. Dennoch wirkte das Ganze einheitlich, sowohl als Beispiel ironisierender Merzkunst als auch als Dokument eines konsequenten plastischen Elementarismus. Sein Haus und Atelier wurden 1943 bei einem englischen Fliegerangriff teilweise zerstört. Er selbst lebte seit 1937 endgültig in Norwegen. 1940 floh er vor der Gestapo auf einem Eisbrecher nach London. Wurde zunächst 17 Monate interniert. Seine letzten Jahre verbrachte er in Ambleside (Westmorland). Er dichtete in englischer Sprache und begann in einem Garten mit von ihm ›beschütztem‹ Unkraut einen neuen Merzbau. Er starb am 8. Januar 1948.«

Kate T. Steinitz
Kurt Schwitters
Erinnerungen
aus den Jahren 1918–1930
198 S. 41 Fotos u. Faks. Br.

Kate T. Steinitz (eigentlich Käte Steinitz) und Kurt Schwitters erarbeiteten zusammen die beiden typographischen Bilderbücher »Hahnepeter« und »Die Scheuche«. Die Geschichte der Entstehung und andere Erinnerungen sind in diesem Dokument der Freundschaft festgehalten.